शिवानी

प्रख्यात कथाकार शिवानी का जन्म 17 अक्तूबर, 1923 को विजयादशमी के दिन राजकोट, गुजरात में हुआ। शिवानी की पहली रचना अल्मोड़ा से निकलनेवाली 'नटखट' नामक एक बाल-पत्रिका में छपी थी। तब वे मात्र बारह वर्ष की थीं। इसके बाद वे मालवीय जी की सलाह पर पढ़ने के लिए अपनी बड़ी बहन जयंती तथा भाई त्रिभुवन के साथ शान्तिनिकेतन भेजी गईं, जहाँ स्कूल तथा कॉलेज की पत्रिकाओं में बांग्ला में उनकी रचनाएँ नियमित रूप से छपती रहीं। गुरुदेव रवीन्द्रनाथ टैगोर उन्हें 'गोरा' पुकारते थे। उनकी ही सलाह कि हर लेखक को मातृभाषा में ही लेखन करना चाहिए, शिरोधार्य कर उन्होंने हिन्दी में लिखना प्रारम्भ किया। शिवानी की पहली लघु रचना 'मैं मुर्गा हूँ' 1951 में 'धर्मयुग' में छपी थी। इसके बाद आई उनकी कहानी 'लाल हवेली' और तब से जो लेखन-क्रम शुरू हुआ, उनके जीवन के अन्तिम दिनों तक अनवरत चलता रहा। उनकी अन्तिम दो रचनाएँ 'सुनहुँ तात यह अकथ कहानी' तथा 'सोने दे' उनके विलक्षण जीवन पर आधारित आत्मवृत्तात्मक आख्यान हैं।

1979 में शिवानी को 'पद्मश्री' से अलंकृत किया गया। उपन्यास, कहानी, व्यक्ति-चित्र, बाल उपन्यास और संस्मरणों के अतिरिक्त, लखनऊ से निकलनेवाले पत्र 'स्वतंत्र भारत' के लिए शिवानी ने वर्षों तक एक चर्चित स्तम्भ 'वातायन' भी लिखा। उनके लखनऊ स्थित आवास—'66, गुलिस्ताँ कालोनी' के द्वार लेखकों, कलाकारों, साहित्य-प्रेमियों के साथ समाज के हर वर्ग से जुड़े उनके पाठकों के लिए सदैव खुले रहे।

21 मार्च, 2003 को दिल्ली में उनका निधन हुआ।

करिए छिमा

शिवानी

राधाकृष्ण पेपरबैक्स

राधाकृष्ण पेपरबैक्स में
पहला संस्करण : 2007
सातवाँ संस्करण : 2025

राधाकृष्ण पेपरबैक्स : उत्कृष्ट साहित्य के जनसुलभ संस्करण

राधाकृष्ण प्रकाशन प्राइवेट लिमिटेड
जी-17, जगतपुरी, दिल्ली-110 051
द्वारा प्रकाशित

शाखाएँ : अशोक राजपथ, साइंस कॉलेज के सामने, पटना-800 006
पहली मंजिल, दरबारी बिल्डिंग, महात्मा गांधी मार्ग, प्रयागराज-211 001
1, अनमोल सोराबजी संतुक लेन, धोबी तलाव, मरीन लाइंस, मुम्बई-400 002
वेबसाइट : www.radhakrishnaprakashan.com
ई-मेल : info@radhakrishnaprakashan.com

बी.के. ऑफसेट
नवीन शाहदरा, दिल्ली-110 032
द्वारा मुद्रित

मूल्य : ₹ 199

KARIYE CHHIMA
Short Stories by Shivani

ISBN : 978-81-8361-115-2

क्रम

स्वप्न और सत्य

बहुत पहले, एक पुस्तक पढ़ी थी, 'द प्राफ़ेटिक ड्रीम्स'। उसे पढ़कर, तब अविश्वास हुआ था। कहीं ऐसा भी सम्भव है कि नींद में देखी गई घटना, जीवन में वास्तविकता बनकर घट जाए? किन्तु फिर एक दिन स्वयं ही ऐसा स्वप्न देख लिया, जो मेरे जीवन में अविस्मरणीय बन गया।

मैं तब बेंगलूर में थी। एक रात, आँख लगते ही मैंने वह विचित्र स्वप्न देखा था। मैं कहीं तेजी से जा रही हूँ—चारों ओर रेल की पटरियाँ ही पटरियाँ बिछी हुई हैं। उन्हें लाँघती हुई मैं एक जंगल में पहुँचती ही हूँ कि गरज-तरज के साथ वृष्टि आरम्भ हो जाती है। अचानक एक कृशकाया लम्बी-सी साँवली युवती मेरा मार्ग अवरुद्ध कर खड़ी हो जाती है। वह मुँह से कुछ नहीं कहती, किन्तु गोद में नवजात शिशु को लेकर मेरी ओर अग्रसर होती है।

आश्चर्य से मैं नीली बेंगलूरी साड़ी में लिपटे उस गौरवर्ण शिशु को देखती रहती हूँ। चमकती बिजली में मुझे उस युवती का चेहरा एकदम स्पष्ट दिखने लगता है। उसका घोर कृष्णवर्ण, रात्रि के गहन अन्धकार में घुल-मिल गया है। दोनों ओर छिदी नाक में तीन-तीन नगों की हीरे की दो लौंगें झलझला रही हैं।

लौंग-लगी दक्षिणी रेशमी साड़ी की चौड़ी ज़री, कमर पर कसी सोने की भारी करधनी और स्वयं उसके व्यक्तित्व की गरिमा उसके सम्भ्रान्त कुल का परिचय दे रही है। उसके दोनों होंठ काँप उठते हैं, किन्तु सहसा वाणी की विवशता, उसके काले कपोलों पर अश्रुधारा बनकर बिखर जाती है। फिर बिना कुछ कहे, वह रोते शिशु को मेरे पैरों के पास रखकर, तेजी से उसी अरण्य में विलीन हो जाती है।

मैं चौंककर जगी ही नहीं, स्वप्न की सम्भावना में ही पायताने पड़े उस

शिशु को भी टटोलने लगी थी। और फिर, ठीक एक महीने बाद, वही स्वप्न मेरी आँखों पर उतर आया। किन्तु इस बार मेरी पलकें बन्द नहीं थीं, न मुझमें इतना साहस ही था कि पैरों के पास पड़े उस परित्यक्त शिशु को फिर टटोल लूँ...।

जीवन के कितने वसन्त आए और चले गए, किन्तु उस वसन्त को मैं आज तक न भूल पाई हूँ, और शायद कभी भूल भी नहीं पाऊँगी। प्रौढ़ मेघाच्छन्न आकाश को देखकर भी मैं घर से निकल पड़ी थी। नित्य की संगिनी, चचेरी बहन मुन्ना को भी उस दिन साथ नहीं लिया। एक तो उस भुवनमोहिनी को साथ लेकर चलने में बीसियों बन्दिशों का अंकुश सहना पड़ता था।

मेरी वह बहन अपूर्व सुन्दरी थी। साथ रहती, तो माँ प्रायः ऐसे जनशून्य मार्ग से जाने का आदेश दे देतीं कि गंतव्य स्थान पर पहुँचने में ही घंटों लग जाते। पुस्तकालय ठीक सात बजे बन्द हो जाता था, और उन दिनों बेंगलूर छावनी में उतरी मर्कटमुखी आस्ट्रेलियन सेना की टुकड़ी के आतंक की भयावह कहानियाँ आए-दिन सुनने को मिलती थीं, किन्तु बेंगलूर के उस शान्त भव्य पुस्तकालय में बैठकर अलभ्य विदेशी पत्रिकाएँ पढ़ने का लोभ मैं संवरण नहीं कर पाई, और अकेली ही घर से चल पड़ी थी।

शेषाद्रिपुरम् से पुस्तकालय का एक शार्टकट मुझे विशेष रूप से प्रिय था। एक बड़ा-सा बंजर मैदान पार कर, आसपास बिछी रेल की पटरियों का रहस्यमय योग-वियोग उचक-उचककर लाँघते हुए, रेस-कोर्स तक की लम्बी दूरी पल-भर में कट जाती थी। मार्ग एकदम ही बीहड़ और सुनसान होने पर भी, रेसिडेंट के प्रासादोपम उत्तंग सौध की अबीरी छत दिखती रहती। उस विराट् अहाते को घेरे संगीनधारी गारद को देख मैं नित्य, निर्भय बढ़ी चली जाती थी।

पुस्तकालय पहुँच, पढ़ते-पढ़ते कब सन्ध्या घनीभूत हो गई, मैं जान भी नहीं पाई। हलकी बूँदाबाँदी भी होने लगी थी। मेरी प्रिय पगडंडी का आह्वान उस हलकी बूँदाबाँदी में और भी स-आग्रह हो उठा और बगल में पुस्तक दबाए मैं तेज कदमों से चलने लगी। कुछ दूर गई थी कि बूँदाबाँदी तेज झड़ी में बदल गई। अब तक इधर-उधर तिर रहे मेघखंडों ने बड़ी कुटिलता से पैंतरा बदल, एकाकार हो, पूरा आकाश घेर लिया था। घटाटोप अन्धकार, किसी दुर्मुख दैत्य की भाँति मुँह बाए, बड़ी तेजी से मेरी ओर बढ़ा चला आ रहा था। बार-बार चमक रही बिजली के औदार्य से ही मैं उस बीहड़ मार्ग से जूझती चली जा

रही थी कि एकाएक एक सम्मिलित पगध्वनि सुनकर ठिठक गई।

ऊँचे स्वर की हँसी, और भारी बूटों की पगध्वनि सुनने में मैंने भूल नहीं की थी। निश्चय ही, वह शहर में लौट रही फौजी टुकड़ी होगी। खून जम जाना किसे कहते हैं, इसका अनुभव मुझे जीवन में पहली बार हुआ। सम्मुख फैला बियाबान अरण्य, बड़ी दूर टिमटिमा रही सिगनल की दम तोड़ती लाल-हरी बत्तियाँ, और क्रमशः निकट आ रहीं निर्मम विदेशी बूटों की पदध्वनि से घुली-मिली मदमत्त हँसी। बिजली अभी भी उसी औदार्य से चमकती चली जा रही थी, और साथ ही मदालस कंठों से निकली उस गीत की गूँज—'ही इज़ ए जॉली गुड फ़ैलो, ही इज़ ए जॉली गुड फ़ैलो, ही इज़ ए जॉली गुड फ़ैलो, एंड सो से ऑल ऑफ़ अस।'

गीत मेरे और भी निकट आ गया। बगल की पुस्तक छाती से चिपकाए, मैं एक नारंगी फूलों की छितरी झाड़ी के पीछे दुबक गई। यदि वह टुकड़ी उस झाड़ी के सामने से निकली और उसी क्षण कहीं बिजली चमकी, तो निश्चय ही वे मुझे देख लेंगे। पटापट, एकसाथ फौजी कदम रखते, वे झूमते-गाते चले आ रहे थे। झाड़ी के पीछे छिपी मैं थर-थर काँप रही थी। मुद्‌गर-सी, एक-सी टाँगों की कवायद करते वे कदम पलक झपकते ही कब आगे बढ़ गए, मैं जान भी नहीं पाई। इसी बीच, बिजली भी चमकी, कड़ाक-से कहीं दूर गिरी भी, पर उस झाड़ी ने अपने क्षीण कलेवर में मुझे किसी दुर्बल स्नेहवत्सला जननी के जीर्ण आँचल की ही भाँति ढाँपकर बचा लिया।

बिजली गिरते ही वर्षा का वेग तीव्रतर होता चला गया। मेरी साड़ी भीगकर शरीर से चिपक गई और भागना एक प्रकार से असम्भव हो उठा। भीगी साड़ी को घुटनों तक समेटे, मैं एक प्रकार से भागी चली जा रही थी कि किसी नन्हें कंठ की रुदन ने मुझे रोक दिया। इस वेगवती वर्षा में भला नवजात शिशु को लेकर कौन मूर्खा इस अरण्य में आ गई थी! "कौन?" मैंने पूछा। अँधेरे में हाथ को हाथ नहीं सूझ रहा था; पर फिर मुझे लगा, ठीक मेरे पैरों के ही पास कोई उस रोते शिशु को लिटा गया है।

"कौन?" मैंने फिर पूछा। इस बार उत्तर दिया, आकाश की विद्युतवह्नि ने। दोनों नन्हीं मुट्ठियाँ कानों से सटाए, नीली रेशमी गठरी में लिपटा वह नग्न शिशु, फेफड़े फाड़कर चीख रहा था। बिजली फिर चमकी, और उस नन्हें अतिथि के विदेशी गौरवर्ण और नीलोत्पल-विलोचन-द्वय की झलक दिखाकर मुझे तृप्त कर गई। ओह, ऐसा ही तो शिशु उस सपने में भी मैंने देखा था!

अविकल यही कांचन-सन्निभ वर्ण और नीली आँखें। तब क्या, वह फौजी टुकड़ी ही उसे यहाँ छोड़ने आई थी? या मेरे स्वप्न की वह उदास युवती जननी?

मैं वहीं बैठकर उसे गोद में उठाने लगी, तो छिपकली-सी फिसलती बाँह का स्पर्श मुझे सहमा गया! तब उस फिसलते मक्खनी स्पर्श को पहचानने की मेरी वय नहीं थी। कुछ वर्षों पश्चात, जब स्वयं माँ बनी, तब ही उस स्पर्श का रहस्य समझी। वह फिसलन पृथ्वी पर सद्यः अवतरित शिशु की फिसलन थी, किन्तु ऐसे गुलगोथने शिशु को कौन पाषाणी ऐसे छोड़ गई होगी?

जी में आया, उसे गोद में उठा लूँ और भागकर घर चली जाऊँ, किन्तु उसी क्षण एक और आशंका त्रस्त कर उठी। नारी जन्म की विवशता भुजंगिनी ने पहली बार मुझे डँसा। मैं इसे घर ले गई, तो घरवाले क्या मेरी संवेदनशीलता को प्रश्रय देंगे? बहुत पहले एक बार, मैं ऐसे ही एक सड़क पर पड़े देशी कुत्ते के पिल्ले को घर ले आई, तो कितनी फटकार पड़ी थी! "आँखें भी नहीं खुली हैं, कौन पालेगा इसे?" माँ ने कहा था। पर फिर भी मैंने रुई के फाहे से दूध पिला-पिलाकर उसे पाल लिया था।

किन्तु कुत्ते के पिल्ले को पालना कितना सहज है, मनुष्य के दुधमुँहे को पालना कितना कठिन! श्वानशिशु का कुल-गोत्र समाज नहीं माँगता, उसके जनक का परिचय उसके जीवन के लिए अनिवार्य नहीं होता; किन्तु मानव-शिशु के जनक का अभिमान उसके प्रत्येक श्वास के लिए अनिवार्य हो उठता है। और फिर कहीं किसी ने इस जंगल में, नीली साड़ी में लिपटे इस चीखते शिशु के साथ मुझे पकड़ लिया, तब?

मेरे स्वार्थ ने, मेरे उन मुट्ठी-भर सत्रह वर्षों के बावजूद मुझे सहसा चिन्तनशीला प्रौढ़ा बना दिया। मैं उठी और उसे वहीं छोड़ तेजी से आगे बढ़ गई। वर्षा में भीगते, बिजली की कड़क को चीरते, उस असहाय नग्न शिशु का हृदयद्रावी क्रन्दन, मेरी पीठ में सहस्र भाले भोंकता, मेरा पीछा करने लगा। गिरती-पड़ती, हाँफती घर पहुँची तो पूरे परिवार ने मेरी धज्जियाँ उड़ा दीं।

"मूर्ख लड़की! थोड़ी देर और होती, तो थाने में खबर देनी पड़ती। शहर में गोरों का कितना आतंक है, नहीं जानती क्या? ऐसी वर्षा में भला कोई घर से निकलता है?"

मैं कैसे कहती कि ऐसी वर्षा में मैं ही नहीं, एक और भी घर से निकला है। मैं तो दिन की भूली साँझ को घर लौट भी आई, पर वह शायद कभी नहीं लौट पाएगा। फिर कई दिनों तक मैंने स्थानीय समाचारपत्र की पंक्तियाँ

चाटकर रख दी थीं; किन्तु मुझे बियाबान में पड़े, वर्षा में भीगते, किसी भी लावारिस शिशु का समाचार नहीं मिला।

मैंने कई बार अपने-आपको आश्वासन देने की व्यर्थ चेष्टा की है। क्या पता, अन्त तक स्वयं उस अभागी जननी का विवेक जाग्रत हो गया हो और वह उसे ले गई हो! बिल्ली भी तो कभी-कभी, अपने परित्यक्त बच्चे को फिर मुँह में दबाकर उठा ले जाती है या उसी पथ से जा रहे किसी सन्तानहीन दयालु पथिक का ही वह पुत्र बन गया हो!

किन्तु अन्तरात्मा को छलना क्या इतना सहज है? अभी भी जब स्वप्नद्रष्टा म्लानमुखी युवती की करुण आँखों का स्मरण हो आता है, तो मैं तिलमिला उठती हूँ। उस असहाय, काली बाँहों में पड़े उस गौरवर्ण शिशु को क्या मैं स्वप्न-रूप में आज तक स्वीकार कर पाई हूँ?

चार दिन की

बैंड-हाउस की रंगीन बहारें बीत चुकी थीं। दिसम्बर के अन्त में नैनीताल की वीरानी देखनेवाले को मुँह बाये काट खाने को दौड़ती है। दो दिन पहले ही अंग्रेज़ी स्कूलों में पढ़नेवाले बच्चों के कलरव से नैनी का प्राकृतिक क्रीड़ा-क्षेत्र 'फ्लैट' मधुमय हो रहा था, वही उस दिन भाँय-भाँय कर रहा था। मैं मन्दिर की ओर बढ़ रही थी कि सूने बैंड-हाउस की बेंच पर बैठे, उदास दृष्टि से छलछलाते ताल को निहारते जज साहब को देख ठिठक गई।

छः फुट लम्बी देह, कायदे से पहनी गई विदेशी वेशभूषा, चिरपरिचित काली बुनी वास्कट और दर्पण-से चमकते जूते। उन्हें दूर से देखकर भी कोई पहचान सकता था।

"आइए, आइए!" मुझे देखते ही सौम्य गौर मुखमंडल पर स्नेहसिक्त हास्य की असंख्य झुर्रिया खेल रही थीं।

"अरे, आप अभी यहीं हैं? मैं तो सोच रही थी, शायद रामपुर चले गए होंगे।"

"वाह, क्या बात सोची है आपने!" और उन्होंने मेरे दोनों हाथ पकड़कर अपने पास बैठा लिया, "यानी बच्चियों से बिना मिले ही चला जाता?" उन्होंने मुझे ऐसे फटकारा कि मैं खिसिया गई।

"इस बार तो ठंड है ही नहीं," मैंने कहा, "फिर नैनीताल की ठंड तो चार दिन की ही है, इस बार आप रामपुर मत जाइए।"

उन्होंने हँसकर कहा था :

'ये माना ज़िन्दगी है चार दिन की,
बहुत होते हैं यारो चार दिन भी!'

और आज उनकी मृत्यु के पश्चात्, उनके पुत्र हामिद, मुझे उनकी

हस्तलिखित आत्मकथा थमा गए हैं। एक-एक पृष्ठ उलटती हूँ और उस दिन की उदास पंक्ति का रहस्य स्पष्ट हो उठता है।

रियासती कुचक्र, विलासिता के वातावरण में गुजरे राजसी बचपन की स्मृतियाँ, प्रेम, विच्छेद, होनहार पुत्र का उन्माद-ग्रस्त होना, नैनीताल के सुसज्जित ग्रैंड होटल के कक्ष का आर्थिक विवशतावश त्याग, भट्टजी के बंगले की सीलन-भरी कोठरियों में बिताए गए अन्तिम दिवस! ठीक ही कहा था उन्होंने—'बहुत होते हैं यारो चार दिन भी'।

मोरक्को जिल्द में बँधी उनकी जीवनी की इस पन्ना की-सी रत्नगर्भा भूमि में अगणित कथानकों के असंख्य हीरे ऐसे जगमगा उठते हैं कि मेरी आँखें चौंधिया जाती हैं। आश्चर्य होता है कि जिस क्रूर लेखनी ने न जाने कितनों को मृत्युदंड दिया होगा, वही ऐसे रससिक्त प्रकरणों की सृष्टि कैसे कर सकी होगी! अवध के रईस ताल्लुकेदारों के जीवन की झाँकियाँ, ऐंग्लो-इंडियन समाज का सजीव विवरण, उच्चतर तबके के ब्रिटिश अधिकारियों के मार्मिक संस्मरण, दिल्ली दरबार, रामपुर के अनूठे नवाबी वातावरण का बेजोड़ वर्णन—सचमुच ही एक समूची रत्न-मंजूषा मेरे हाथ में है। अशर्फियों के लबालब अतीत के गर्भ में दबा मिट्टी और गर्द से धूमिल एक घड़ा जैसे मेरे हाथ लग गया है।

क्षण-भर को मैं आनन्दमग्ना हो हवा में उड़ने लगती हूँ। कितनी रंगीन कहानियाँ गढ़ी जा सकती हैं इस मूलधन से! पर दूसरे ही क्षण, एक विस्मृत रौबदार बुजुर्ग चेहरा मेरी स्मृतियों के अन्तराल से झाँकने लगता है। मैं सहम उठती हूँ—मुझे लगता है, मैं एक गुरुजन के अन्तरंग शयनकक्ष में, धृष्टतापूर्वक अनावश्यक ताक-झाँक करने की चेष्टा करने लगी हूँ।

साहबजादे अब्दुल वाहिद खान मेरे पिता के घनिष्ट मित्र थे। उनके परिवार ने मेरे पिता की मृत्यु के समय जिस स्नेहपूर्ण औदार्य का परिचय दिया था, वह कोई निकट आत्मीय भी शायद ही दे पाता। आज जब इंच-इंच की सीमा निर्धारित करने के लिए असंख्य लाशें बिछ जाती हैं, जब क्षणिक समझौते की राख में दबी, धार्मिक विद्वेष की चिनगारियाँ कभी भी लपलपाती लपटों की सृष्टि कर सकती हैं, हिन्दू-मुस्लिम एकता के ऐसे दृष्टान्त सम्भवतः मनगढ़ंत-से ही लग सकते हैं; पर एक समय ऐसा भी था, तब ताशकन्द के निरर्थक समझौते नहीं हुआ करते थे। अपूर्व मैत्री के उन समझौतों में रहते थे अदृश्य हस्ताक्षर, जिनके खोखले प्रदर्शन की किसी भी पक्ष को उत्सुकता नहीं रहती थी।

आज ऐसे ही एक हस्ताक्षर, मेरी स्मृतियों की नियोन बत्तियों के-से प्रकाश में कभी बुझने और कभी जगमगाने लगते हैं। एक ऐसे स्नेही व्यक्ति के हस्ताक्षर, जिन्होंने पिता की मैत्री को नब्बे वर्ष की अवस्था तक भी नहीं भुलाया, जो नैनीताल के सनकी मौसम की अवहेलना कर, प्रत्येक रविवार को मेरे बंगले की खड़ी चढ़ाई पार कर, हँसते हुए मेरे द्वार पर खड़े हो जाते, प्रत्येक ईद को बटुआ खोल एक नये पाँच के नोट की 'ईदी' थमाते और मेरे कन्धे का सहारा लेकर, धीरे-धीरे सीढ़ियाँ उतर जाते।

मैं जितनी बार उस वयभार से नमित एकाकी आकृति को धीरे-धीरे उतार उतरते देखती, मुझे लगता, स्वयं मेरे पिता भी एक अदृश्य साये के रूप में अपने मित्र के साथ जा रहे हैं। "मैं आपका एक स्केच लिखना चाहती हूँ," मैंने उनसे एक बार कहा, तो वे जैसे आकाश से गिर पड़े, "तौबा-तौबा, मेरा स्केच भी भला कोई लिखने की चीज़ है! वैसे भी एक बात गाँठ बाँध लो, किसी का स्केच हमेशा उसके मरने के बाद लिखना चाहिए।"

"भला क्यों?"

"क्योंकि मरने के बाद किसी भी इन्सान के लिए बहुत-सी मनगढ़न्त बातें लिखी जा सकती हैं।" और यह कहकर वे ठठाकर हँस पड़े थे।

आज वे नहीं रहे, मनगढ़न्त बातों का प्रश्न ही नहीं उठता, उनके हाथों से लिखी गई उनकी आत्मकथा मेरे सामने खुली पड़ी है, उन्हीं की अनूठी भाषा की कुंजी से पहले खोलती हूँ, उनके बचपन के कक्ष पर लटका एक जंग-लगा ताला :

"जलालुद्दीन ख़ान और सादुल्ला ख़ान को 1857 के गदर में, स्वतन्त्र होने के प्रयत्न में अपराधी घोषित कर, गोली से उड़ा दिया गया था, ये ही सादुल्ला ख़ान मेरे दादा थे। जलालुद्दीन ख़ान का विवाह, रामपुर के नवाब-परिवार में हुआ था। दादा को मृत्यु-दंड मिलने पर, कुदसिया बेगम हमारे अनाथ परिवार को लेकर मुरादाबाद आ गईं। रामपुर के नवाब के यहाँ उनका मायका था; पर तब हमारा परिवार राजनीतिक ग्रहण की छाया से ग्रस्त था। रामपुर के तत्कालीन नवाब यूसुफ ख़ान को 'फ़रज़ंदे दिल पज़ीर दौलते इंगलीशिया' की पदवी मिली थी। ब्रिटिश सरकार की उन पर विशेष कृपा थी। फिर भला वे हमारे बागी खूँख्वार रोहिला पठान परिवार को शरण कैसे देते? हमारी दादी बी मैया बड़ी ही नीति-कुशल महिला थीं। रामपुर से उनके पास कई बार मायके का स्नेहपूर्ण दिखावटी बुलावा भी आया; पर वे मन ही मन समझ गई

थीं कि उनकी अटूट सम्पत्ति कभी भी मनमुटाव का कारण बन सकती थी। इसलिए मुरादाबाद के हवेलीनुमा 'काठ दरवाज़े' में ही हमारा लालन-पालन होने लगा।"

अब देखिए 'काठ दरवाज़े' की एक सजीव झाँकी :

"काठ दरवाजे की मेहराबदार ड्योढ़ी को देखकर मुझे अपने आक्सफोर्ड कालेज के बुलन्द दरवाजे का स्मरण हो आता है। ड्योढ़ी पार करते ही एक बड़ा-सा दालान मिलता था, जिसमें तख़्तों की एक लम्बी कतार-सी बिछी रहती थी। पहले थी मर्दाना बैठक और फिर आती थी ज़नाना महलसरा की ड्योढ़ी।

"इसी ड्योढ़ी पर तनकर बैठी पहरा देती थी बुआ परी चेहरा, जिसका झुर्रीदार चेहरा, सफेद बाल और लम्बा कद देखनेवाले को सहमा देते। बड़ी-बड़ी हाथी के कान-सी चपातियों को सालन से तर कर, वह एक ही निवाले में निगल जाती। जिस किसी को भी ज़नाना ड्योढ़ीसरा में कुछ कहलवाना होता, पहले बुआ परी चेहरा ही उसकी पेशी करती। असंख्य नौकरानियाँ हम बच्चों को गोदी में ऐसे उड़ाए फिरतीं कि हमारे पैर शायद ही कभी जमीन पर पड़ते। लड्डू, जलेबी और बालूशाहियों के नाश्ते का क्रम दिन-भर चलता। लाड़-दुलार का अंत नहीं रहता; किन्तु सुखी बचपन क्या ऐसा ही लाड़-दुलार चाहता है? न हमें इधर-उधर नंगे पैर भागने की आज़ादी थी, न हम उन्मुक्त स्वच्छन्द कुलाँचें ही भर सकते थे। बी मैया का सारा लाड़ मेरे सुन्दर भाईजान पर था और मुझसे उनका ध्यान हटता गया। इसी प्रकार प्रेम की भूखी मेरी मातृहीन शैशवावस्था का बिरवा सूखने लगा।

"मेरी माता की मृत्यु के पश्चात् मेरे पिता ने अपनी साली की पुत्री मुन्ना बेगम से विवाह किया। मेरी विमाता सात बहनें थीं और बी मैया उन्हें 'सात गाँठ' कहा करती थीं। दो-तीन ही वर्ष में मेरी विमाता की भी मृत्यु हो गई। उनकी मृत्यु के पश्चात्, पहली बार मुझे मेरे पिता का स्नेह मिला। कभी रात को अचानक उठकर वे हम दोनों भाइयों के बीच में आकर लेट जाते और हमें गुदगुदाकर बाँहों में भींच लेते। कभी-कभी हमारे आग्रह करने पर हमें नया रेलवे स्टेशन दिखलाने ले चलते। धुआँ छोड़ती रेलगाड़ी, रेल के आने की घंटियाँ, नई वर्दी में मूँछें ऐंठता स्टेशन मास्टर, सबकुछ हमें अनूठा लगता। बरेली-रामपुर-मुरादाबाद की नई-नई रेल लाइन बनी थी और रेलगाड़ी का उन दिनों वही महत्त्व था, जो आज एटम बम का है।

"कभी हम नवाब रामपुर की सवारी देखने छज्जे पर खड़े हैं। नवाब

मुश्ताक अली ख़ाँ ईदगाह को जा रहे हैं। किमख्वाबी अचकन, टोपी की कलगी में पन्ने जड़े हैं, इधर-उधर मोती की लड़ियाँ झूल रही हैं। गहरी कत्थई रंग की गद्दी लगी है। उनका मुँह-लगा दारोगा चाँदी की मूँठ के मोरछल से मक्खियाँ उड़ाता, बीच-बीच में दायें-बायें मुट्ठी-भर मोहरों की बिखेर लुटा देता। जुलूस सफ़दर अली ख़ान के बाज़ार से गुज़र रहा है। आगे-आगे चल रहे हैं सजे ऊँट, लाल वर्दी में नवाब के मुख्य अंगरक्षक, चाँदी के रुपहले वस्त्रों में चोबदार और पीछे-पीछे दरबारियों की भीड़। नवाब के दाहिनी ओर, खूबसूरत अरबी घोड़े पर सवार रहते मेरे पिता के मामू जनरल अज़ीमुद्दीन ख़ान। ये वे दिन हैं, जब मोटरें नहीं थीं, हाथी पर सवार तब का नवाब अपनी रियाया के कितने पास था! उसकी प्रजा अपना हर्ष और विषाद, उल्लास और पीड़ा सरलता से अपने शासक तक पहुँचा सकती थी। ऐसे ही अवसरों पर फ़रियादी अपना दुखड़ा नवाब को सुना सकते थे।"

रात का 'ख़ासा' भी बड़े ठाट-बाट से सम्पन्न होता था। यह अनूठा वर्णन भी सुनिए, उन्हीं के बेजोड़ शब्दों में :

"ख़ासे में स्वयं नवाब साहब, उनके परिवार के चुने सदस्य, मंत्री और मित्र रहते। चाँदी के पायों के पलँग पर स्वयं नवाब साहब बैठे रहते, पास ही में एक छोटी मेज़ पलँग से सटी धरी रहती। प्रत्येक निमन्त्रित सदस्य का स्थान पूर्व-निर्धारित रहता। मेरे मामू जनरल को प्रथम स्थान प्राप्त होता। वे नवाब साहब के दाईं ओर बैठते। खाना चाँदी के 'ख्वानों' अर्थात गोल थालों में सजकर आता। पहले आते दो तरह के सालन, सींक कवाब, पुलाव, फिर मीठे चावल और फिरनी। यह था नित्य का सीधा-सा खाना। जिस दिन किसी दावत का आयोजन होता, उस दिन का तो फिर कहना ही क्या! नित्य का 'ख़ासा' पहले नवाब साहब आरम्भ करते। कई आबदार एक कतार में लाल कपड़े से मुँह-बँधी चाँदी की सुराहियों को हाथ में थामे खड़े रहते। जितनी बार नवाब साहब पानी माँगते, उतनी ही बार मन्त्री खड़े होकर एक नई सुराही की सील मोहर तुड़वाते, हर बार नया घूँट नवाब के होंठों से लगता और उतनी ही बार हेड आबदार का गुरु-गम्भीर स्वर गूँज उठता—'बिस्मिल्लाहिर रहमाने रहीम।'

"खाना खत्म होता और नृत्य-गीत का आयोजन चलता। कई बीनकार सितारबाज़ हाथ बाँधे नवाब के आदेश के लिए खड़े रहते।"

ऐसे विलासिता और अमन-चैन के दिनों की स्मृति क्या सहज ही भुलाई जा सकती थी? फिर स्मृतियाँ भी क्या एक-दो थीं?

उनके सुखी जीवन में अचानक झंझावात की भाँति एक अनजान सुन्दरी ने प्रवेश किया। उनकी सरला पति-परायणा पत्नी कुलसुम मुस्लिम वातावरण में पली थी। पति के साथ क्लब जाने, बेडमिंटन खेलने आदि में उसे झिझक होना स्वाभाविक था। इसी झिझक को दूर करने, अंग्रेज़ी अदब-कायदे सिखाने के लिए ही उस अनजान युवती ने स्वयं मैत्री का हाथ बढ़ाया था। फिर धीरे-धीरे एक दिन उन्हीं हाथों ने कुलसुम को दूर ढकेल दिया।

"बेचारी कुलसुम, शायद उसने अपने इस जीवनसाथी पर बहुत विश्वास कर लिया था। मैं स्वयं ही नहीं जान पाया, कब हमारी गृहस्थी में सहसा वह आ गई। उस विलक्षण नारी का परिचय मैत्री में और फिर अचानक मैत्री से प्रेम में परिणत हो गया। कुलसुम सब जान गई। ऐसी बातें क्या छिपी रहती हैं? धीरे-धीरे वह मन ही मन घुलने लगी। एक दिन वह भी आया, जब वह बेबस-सी बिस्तर पर पड़ी थी। वह कुछ कहना चाहती थी; पर बार-बार उसकी निष्प्रभ आँखें डबडबा आतीं। मुझे करुणापूर्ण दृष्टि से उसने एक बार ऐसे निहारा, जैसे मुझे आँखों में मूँदकर ही रख लेगी और फिर उसकी गर्दन एक ओर ढुलक गई। घायल पशु की-सी उन दो आँखों की व्यथा को मैं क्या कभी भूल सकूँगा? और फिर भूलना भी तो कितना कुछ है—महिमामयी हवेली, 'काठ-दरवाज़े' की स्मृतियाँ, अंगूरी बाग का बहुरंगी वैभव और आज यह एकान्तवास। हाय रे कुचाली कालचक्र, यह तेरी कैसी बाज़ीगरी है।

आत्मकथा की यह अन्तिम पंक्ति पढ़ती हूँ, तो लगता है, आज भी एक लम्बी देह की छाया मेरे द्वार पर खड़ी अचानक मुस्कराकर कह रही है :

'ये माना ज़िन्दगी है चार दिन की,
बहुत होते हैं यारो चार दिन भी!'

कालू

आज से कोई तेईस वर्ष पूर्व शान्तिनिकेतन के उपासना-गृह के रंगीन हरे-लाल काँचों से आती माघी सूर्य की इन्द्रधनुषी किरणें रंग-रस का जाल बिन रही थीं। माघोत्सव की उपासना का सभापतित्व कर रहे थे स्वयं गुरुदेव और आश्रम का नवीन छात्र कालू पहली बार अपनी सुरीली कंठ-माधुरी से आश्रमवासियों को आत्मविभोर कर रहा था अपना वही गाना गाकर, जिसने उसे एक ही दिन में प्रसिद्ध कर दिया था :

'आमार हियार माँझे
लुकिये छिले
देखते आमी पायनी तो माय
देखते आमी पायनी...'

(तुम मेरे ही हृदय में छिपे थे, पर मैं तुम्हें देख नहीं सका—हाय, देख नहीं सका!)

'देख नहीं सका' पंक्ति गाकर वह अपनी ज्योतिहीन आँखों को आकाश की ओर उठा देता, तो लगता—वह लयबद्ध रवीन्द्र-संगीत की संगीत-मुखर व्याख्या भी कर रहा है। कैसी सुरीली आवाज़ थी! कैसी तड़प-भरी टीस! लगता था; लड़कपन बहुत पहले ही पीछे छूट जाने पर भी कंठ के मीठे-कच्चे स्वर को कैशोर्य की वह बदलती खनक नहीं स्पर्श कर पाई है।

वह अचानक कहाँ से आ गया, कोई भी नहीं जान पाया। कोई कहता—गलियों में इसका गाना सुनकर गुरुदेव अपने साथ ले आए। कोई कहता—गुरुदेव कहाँ लाए! स्वयं ही आश्रम का अता-पता पूछता चला आया है। कोई तो यहाँ तक कह देता—ट्रेन में बिना टिकट सफर करते, गाते, झोली फैलाते पकड़े गए थे हज़रत!

किसी को उस सरल छात्र के जादुई कंठ पर ईर्ष्या हो रही थी और किसी को उस बेचारे के इर्द-गिर्द जुटी रंगीन छात्राओं की भीड़ को देखकर उसके सहज सौभाग्य पर अकारण ही कुढ़न। वह कौन है, कहाँ से आया है? ये सब प्रश्न हमारे लिए वर्जित थे।

"एक अच्छा छात्र तुम लोगों के बीच आ गया है, क्या इसी से तुम्हें सन्तोष नहीं है?'' हमारी फ्रेंच वार्डन ने हमें डपट दिया था। दूसरे दिन से नित्य ही एक न एक छात्र उसकी लाठी थामे उसे भोजनालय में पहुँचा जाता। उसी भोजनालय में आश्रम के सब छात्र एवं छात्राएँ एकसाथ भोजन करते थे। खाने के बाद वह प्रायः ही एक नीम के वृक्ष का सहारा लिये अपने साथी की प्रतीक्षा में खड़ा रहता। वहीं उससे मेरा प्रथम परिचय हुआ था। दुबला-पतला हँसमुख, वह भी ऐसा कि हँसी पहले दिखती और कालू बाद में।

"तुम बहुत अच्छा गाते हो कालू! क्या हिन्दी-भजन भी गा सकते हो?" मैंने उससे पूछा और उसने अपनी रिक्त दृष्टि मेरी ओर उठा दी। मैं चकित ठगी-सी उसे देखती ही रही। कौन कहेगा कि वह नेत्रहीन है! अदम्य उत्साह और आनन्द की सहस्र किरणें उसकी आँखों से फूट निकलीं।

"भजन, कीर्तन, बाउल, रामप्रसादी, झूमर, माँ के गीत—क्या सुनिएगा, बोलिए? सबकुछ गा सकता हूँ मैं। एक यही गुण तो दिया है ठाकुर ने।" सहसा उसका कंठ-स्वर उदासी की मीड़ खींच गया। फिर तो कालू को देखते ही हमारी फरमाइशों का ढेर लग जाता।

उन दिनों वर्षामंगल के उत्सव का रिहर्सल स्वयं गुरुदेव की भतीजी इंदिरादेवी उत्तरायण में लिया करती थीं। वर्षामंगल तब एक विशिष्ट गीत के बिना हो ही नहीं सकता था और वह गीत था :

'मन मोर मेघेर संगी
उड़े चले दिक्-दिगंतेर पाने
निःसीम शून्ये
रिमिझिम रिमिझिम रिमिझिम।'

वर्षा के आवाहन की ऐसी मधुर-मीठी स्वरलिपि कि गाते ही लगने लगता, वर्षा की बूँदें रिमिझिम करके सचमुच ही आश्रम को जलसिक्त करने लगी हैं। इस गीत का अन्तरा केवल छात्रों का ही दल गाया करता था। तारसप्तक में जहाँ कुंडमुंडा रेड्डी के भीम मांसल कंठ की गर्जना गूँजती थी, वहाँ कालू हमारे दल में अपने मिश्री-घुले कंठ की मिठास घोलकर रख देता। चूँकि वह चौथे

काले के स्वर में गाया करता था, जिसमें प्रायः लड़कियाँ गाया करती हैं, उसे हमारी ही पंक्ति में बैठना पड़ता था।

न जाने किस अमानवीय घ्राणशक्ति से मुझे सूँघता वह ठीक मेरे पास आकर बैठ जाता। मैं उसकी तीक्ष्ण बुद्धि, संगीत-स्वरों की अनोखी पकड़ एवं स्मरणशक्ति देखकर आश्चर्य से दंग रह जाती। हमें रवीन्द्र-संगीत की स्वरलिपि को कई बार प्रयास कर सीखना पड़ता।

इस पर इंदिरादेवी की संगीत-शिक्षा किसी साधारण गुरु की संगीत-शिक्षा नहीं थी। एक-एक मुरकी कम्पन को सुनार की-सी तुला में तौल-तौलकर हमारे कंठ में उतारतीं। 'नील अंजन घन पुंज छायाय' जैसी कठिन वर्णाक्षरी, बार-बार कापी में देखकर कंठ में खींचनी पड़ती। वहीं पर वह जन्मान्ध दुबला-पतला अपढ़ किशोर कविता और स्वरलिपि, दोनों को दाँतों तले पकड़कर ऐसा उठा लेता, जैसे करतल पर धरा बड़ा-सा कंकड़ हो।

एक बात और भी थी, हम लड़कियों को कंठस्वर (बंगला में जिसके लिए एक बोलता-सा शब्द है 'मेयेली गला') के बीच भी वह अपने अनोखे कंठस्वर का व्यक्तित्व एकदम अछूता रखता था और कभी-कभी तो छात्रों के परुष तार-स्वरों के बीच किसी दक्ष कथाकार की-सी 'ट्रिक एंडिंग' का-सा आनन्द दे उठता, अपने मीठे कंठ के 'दुगुन' से।

"ऐसा मैंने एक बार ढाका के कव्वालों को करते सुना है," वह कहता, "वे एक छोटे-से बालक को अपने साथ दुगुनी लय में गाने दिया करते थे और सुनने में अनोखा आनन्द आ जाता था।"

कालू को विधाता ने आँखें नहीं दी थीं; किन्तु उसकी जिस दिव्यदृष्टि का आभास मुझे एक दिन मिला, उसे देखकर मैं दंग रह गई। क्या सभी नेत्रहीनों का ऐसा तीसरा अदृश्य नेत्र विधाता स्वयं अपने हाथों से ही खोल देता होगा? आश्रम के किसी उत्सव की भीड़ से मैं तेज़ी से निकलकर श्रीभवन की ओर जा रही थी। सहसा कालू पर दृष्टि पड़ गई। एक नीम के पेड़ का सहारा लिये, हाथ में लाठी थामे, वह चुपचाप अपनी पुतलीहीन आँखों से टुकुर-टुकुर देख रहा था।

मैंने सोचा, एक तो छात्रावास के नियमानुसार पहुँचने में मुझे वैसे ही देर हो रही है, कालू से बातों में उलझ पड़ी, तो उसकी लाठी थामकर शायद कलाभवन तक पहुँचाना भी पड़ेगा। स्पष्ट ही था कि उसकी लाठी थामनेवाला उसे धोखा दे गया है।

कालू

बिना एक शब्द बोले मैं सर्र से चुपचाप उसके पास से गुज़री ही कि वह हँसा—"वाह! खूब ठगकर भाग रही थीं गौरा दी! पता नहीं नीलमाधव कहाँ रह गया? कह गया था, नीम-तले खड़े रहना। कब से तो खड़ा हूँ। अभी न जाने क्या पैर के ऊपर से सर्र से निकल गया! सोचा, कहीं गोखरू मोशाय न हो..."

वह जोर से हँसा और मैं लज्जा से गड़ गई। कितनी स्वार्थी थी मैं! एक अन्धे विवश सखा की लाठी थामने में भी मुझे पहले अपना ही स्वार्थ सूझा। आश्रम के गोखरू और केवटे सर्प-महिमा को भला कौन नहीं जानता! मैं उससे पूछना चाह रही थी—कालू, तुमने मुझे कैसे पहचान लिया? कौन-सी ऐसी शक्ति है तुम्हारे पास? पर मैं कुछ पूछ नहीं सकी। एक बार पहले कुछ ऐसी ही मूर्खता कर बैठी थी। "अच्छा, बताओ तो कालू, मैं कैसी हूँ? लम्बी या नाटी, गोरी या काली?" मैंने उससे एक दिन हँसी-हँसी में ही पूछ लिया था।

"तुम लम्बी हो, गोरी हो और जहाँ तक मैं सोचता हूँ, तुम्हारी आँखें भूरी हैं।"

उसने किसी दार्शनिक की-सी गम्भीरता से कहा, तो मैं जोर से हँस पड़ी थी। "ऊँह, किसी ने बतला दिया होगा!" मैंने कहा तो वह उदास हो गया।

"ईश्वर की कसम खाकर कहता हूँ, मुझे किसी ने नहीं बतलाया। मैं सबको देख सकता हूँ। उसने ऐसे स्वर में कहा कि मैंने अचकचाकर उसकी पुतलियों को गौर से देखा।

नहीं, विधाता ने उसके दुर्भाग्य के अन्धकारपूर्ण दुर्गम दुर्ग में आलोक की एक क्षीण किरण भी नहीं रहने दी थी। वह पूर्ण रूप से नेत्रहीन था। मैं उसकी लाठी थामे उसे लिये जा रही थी और वह कहता जा रहा था—"मैंने नीला आकाश देखा है, हरे शाल-वृक्ष देखे हैं। आश्रम की शालवीथिका देखी है। बोलपुर स्टेशन का धुआँ छोड़ता कलमुँहा इंजन देखा है।"

वह कहता जा रहा था कि उसका बिछुड़ा साथी अचानक मिल गया। उसे कालू की लाठी थमाकर मैं जाने लगी तो उसने फिर हाँक लगाई—"सुनती हो गौरा दी, सब झूठ है, एकदम झूठ है। मैंने कुछ नहीं देखा है। न नीला आकाश, न पेड़, न इंजन।" उसका उदासी में डूबता स्वर उसकी लाठी की ठक-ठक के साथ विलीन हो गया।

कालू का रंग बेहद काला था। शायद इसी से उसका नाम भी 'कालू' रख

दिया गया था। रंग काला होने पर भी उसके नैन-नक्श तीखे थे और उसकी सदाबहार हँसी सबको मोह लेती थी। आश्रम की छात्राओं की उस पर विशेष कृपा थी। एक तो उसके मधुर कंठ का आकर्षण अद्भुत था, उस पर उसके नेत्रहीन कैशोर्य की विवशता छात्राओं को द्रवित कर मुग्ध कर देती।

अन्य छात्र कभी-कभी उसे व्यंग्य-बाणों से छेद देते, तो वह उदास हो जाता। "जानती हो, फलाँ छात्र क्या कह रहा था? कहता था, ओ हे कृष्ण काला, तुम्हारी तो पाँचों उँगलियाँ घी में हैं। यहाँ आँखें रहते भी कोई नहीं पूछता, और एक तुम हो कि जब देखो तब एक से एक सुन्दरी उर्वशी तुम्हारी लाठी थामने चली आ रही है!"

"कैसे नीच होते हैं कुछ लोग! हटाओ भी कालू", मैं कहती—"जरा सुना दो तो अतुलप्रसाद का वह नया गीत, जो तुम इस बार सीख लाए हो..."

नये गीत का प्रसंग छिड़ते ही वह सब वेदना भूल-भालकर रह जाता और किसी बच्चे की-सी अलमस्ती से लाठी को ठक-ठक बजाता, गाने लगता :

'यदि आमार दिवा-राती
केटे जाबे बिना साथी
सबे कैनो
बंधूर लागी
मिछे पथ पाने चावा
कत गान तो होलो गावा
आर मिछे कैनो गावा।'

(यदि मेरी दिवारात्रि बिना साथी के ही कटनेवाली है, तब क्यों मैं उस बन्धु का पथ देख रहा हूँ? कितने ही गीत तो गा चुका हूँ। अब भला व्यर्थ ही कब तक गाता रहूँ?)

देखते-देखते, उसके इर्द-गिर्द, भोजनालय के कर्मचारियों की भीड़ जुट जाती। पुरातन भृत्य हरिहर, नगेन, प्रभाकर, पुत्रशोक से जर्जरिता विधवा सरोजिनी दी, उनकी बालिका पुत्रवधू रानू—सब मन्त्रमुग्ध नाग-से झूमने लगते। उन ज्योतिहीन आँखों का कैसा करुण निवेदन था!

अन्त में, अश्रुधौत आँखों से मैं उस दिन का स्मरण करती हूँ, जब अपनी नौवर्षीय आश्रमकालीन शिक्षा के पश्चात् मुझे घर लौटना पड़ा था। कितने सारे स्नेही मित्र, गुरुजन विदा देने आए थे। प्रेम से खिलानेवाली सरोजिनी दी की वात्सल्य से डबडबाई आँखें, बूढ़ा रसोइया हरिहर, आश्रम के क्षीणकाय

भुजंग दा, जिनकी लम्बी उँगलियाँ टाइपराइटर पर थिरकती हुईं हमारा मन मोह लेती थीं, कितने सहपाठी और अध्यापक और फिर उन सबके बीच खड़ा कालू। सुन्दर सजावट से लिखे गए अक्षरों के बीच, जैसे अस्तित्वहीन सेमीकोलन!

वही कालू, जिसे भीड़ की उदासी के बीच से खींच, मैंने कितनी ही बार लाठी थामकर, उसके गन्तव्य स्थान पर पहुँचा दिया था। वही कालू, जो कभी भी मुझे न देखने पर भी जान गया कि मैं गोरी हूँ, लम्बी हूँ, मेरी आँखें भूरी हैं।

"कालू, मैं आज ही जा रही हूँ।" मैं बस इतना ही कह पाई।

"जानता हूँ।" वह गम्भीर स्वर में बोला।

हद है! यह कालू भला यह कैसे जान गया?

कलकत्ते में जापानी जहाज ने बम गिरा दिया था और घंटे ही भर की हड़बौंग में हम यू.पी. की छात्राओं को घर चले जाने का आदेश मिला था।

"क्यों, तुमसे किसने कहा?" मैंने पूछा।

"इसने।" उसने हँसकर अपनी लाठी ठकठका दी।

"अच्छा कालू, ईश्वर ने चाहा तो पौषोत्सव में फिर मिलेंगे।'' मैंने उसके दोनों हाथ अपने हाथों में थामकर विदा ली।

प्रत्येक वर्ष, आश्रम के पौष के मेले में प्राक्तन छात्र-छात्राओं का मेला जुटता था। मैं उसी मेले में मिलने का उसे व्यर्थ आश्वासन दे रही थी।

"नहीं, अब उतनी दूर से क्या तुम आ पाओगी? कोई बात नहीं, पौष के मेले में न सही, परलोक के मेले में तो मिलना होगा ही गौरा दी!"

वह हँसा; पर मुझे लगा, उसकी अश्रुसिक्त हँसी एक लम्बी सिसकी बनकर खो गई है।

रागय हो गया था। मैं बस में बैठ गई। कालू उसी नीम के तने से सटा खड़ा मेरी बस की ओर देख रहा था, जहाँ मैं उससे पहली बार मिली थी।

कुछ वर्ष पूर्व, आश्रम के ही एक प्राक्तन छात्र ने बताया कि कालू नहीं रहा! क्या हुआ था, मैं कुछ पूछ नहीं सकी। ठीक ही कहा था उसने, सातवीं पौष के मेले में मैं उससे कभी नहीं मिल पाई; पर परलोक के जिस विराट् मेले में उसने मुझसे मिलने का वादा किया था, मैं जानती हूँ, वह उसे कभी नहीं भूलेगा। वहाँ कितनी ही भीड़ क्यों न हो, वह मुझे ढूँढ़ ही लेगा। उस दुबले-पतले नेत्रहीन किशोर को मैं ठगकर भागना भी चाहूँगी, तो वह हँसकर

कहेगा—'वाह, गौरा दी, खूब ठगकर भाग रही थीं ना? मैं सबको देख सकता हूँ। तुम गोरी हो, लम्बी हो, तुम्हारी आँखें भूरी हैं। हैं ना गौरा दी?"

फिर मैं कैसी ही हृदयहीना क्यों न होऊँ, उसकी लाठी थामे बिना क्या रह पाऊँगी?

माई

मैंने उन्हें कभी माई कहकर नहीं पुकारा। मेरे लिए तो वह अन्त तक रुक्की मौसी ही रहीं। मेरी माँ के दूर के रिश्ते की ममेरी बहन।

मेरी माँ का मायका उप्राड़ा में था, उप्राड़ा के पन्त तब अपनी दो विशिष्टताओं के लिए प्रसिद्ध थे। एक तो खड्ग के धार-सी उद्धत नासिका, दूसरा उनका क्रोध। तब, इसलिए कह रही हूँ क्योंकि अब तो कुमाऊँ का सम्पूर्ण भूगोल ही बदल गया है। हृदयहीन पेड़ों के कटाव ने जहाँ कुमाऊँ की रत्नगर्भा वन सम्पदा के कोष को रिक्त कर दिया है, वहीं पर विभिन्न प्रदेशों की संस्कृति एवं अन्तर्जातीय विवाहों ने कुमाऊँ की सुदर्शन नस्ल को ही आपादमस्तक बदल दिया है। रुक्की मौसी के पिता पेशे से थानेदार थे—उस पर उप्राड़ा के पन्त, एकदम नीमचढ़ी गिलोय। उन दिनों की थानेदारी, आज के मन्त्रीपद से कुछ कम नहीं होती थी—लाल रेशमी झब्बेदार पगड़ी जिसका झब्बा उनकी गर्दन इधर-उधर फेरे जाने पर नृत्यरत मयूर के पंखों-सा ही फैल जाता, ठसकेदार वर्दी पर चमचमाते पीतल के बटन, जिन्हें रुक्की मौसी, पहाड़ी नींबू रगड़-रगड़कर नित्य चमकाती रहतीं, चक्की के पाट-सी चौड़ी छाती का अर्धांश घेरे कारतूसों की पेटी, हाथ में सर्पिणी की चिरी जिह्वा-सा लपलपाता हंटर। वे थाने से घर आते तो मौसी को साँप सूँघ जाता। उनकी घनी काली पुष्ट मूँछें पर्शियन बिल्ले-सी ही मखमली लगतीं। रुक्की मौसी की परिहास-रसिकता गजब की थी। वर्षों पूर्व थानेदार की वह पतिपरित्यक्ता दुहिता सदा के लिए पिता की आश्रिता बनकर सिसकती द्वार पर खड़ी हुई तो वयस थी मात्र चौदह वर्ष। अभागिनी का एकमात्र अपराध था उसका साँवला रंग, यद्यपि एकदम ही कृष्णवर्णी नहीं थीं रुक्की मौसी। उज्ज्वल श्यामश्री, गेहुएँ रंग की ही सीमा में आती थीं, किन्तु गोरी तो नहीं थीं। कुमाऊँ में कन्या के अंगदोष

को भी चाहे अनदेखा कर दिया जाए, साँवले रंग को कभी मान्यता नहीं मिलती। फिर भी मौसी का साँवला चेहरा, उजली हँसी से सदा दगदगाता रहता। मजाक तो कभी-कभी ऐसा गरिष्ठ कर बैठतीं कि साधारण हाजमेवालियों को अपच हो जाता।

उन दिनों गुरखा गृहिणियों से सीखकर पहाड़ के घरों में भी रंग-बिरंगी चौकड़ियोंवाले होज बिने जाने लगे थे। मैंने सोचा, मैं भी अपने फुटबाल खिलाड़ी भाई के लिए एक जोड़ा बिन डालूँ। रुक्की मौसी ने इस कला में विशेष दक्षता हासिल की थी। मैंने उनसे कहा, "ऐ रुक्की मौसी, तुम तो इतने सुन्दर 'ऐर्गाइल' मौजे बिनती हो, पीला-लाल-खाकी ऊन तो है मेरे पास—थोड़ा काला ऊन दे सकोगी मुझे?"

मौसी ने गम्भीर होकर कहा, "दिन-भर सबर कर ले, रात को बाबू सोएँगे तो उनकी दोनों ओर की मूँछें थोड़ी-थोड़ी-सी कतरकर रख लूँगी तो कातने पर डेढ़ औंस बढ़िया पशमी काला ऊन निकल आएगा, रंग एकदम गारंटी फास्ट!" रंग साँवला होने पर भी, मौसी की देह की गठन अनुपम थी। कभी भी मैंने उन्हें वे सब आन्तरिक नन्हें परिधान पहनते नहीं देखा, जिनकी बैसाखियाँ टेक, नारी अपने एक नूर के यौवन को भी सौ नूर का बना लेती है। पूरी बाँहों का अल्लमखल्लम ढीला सलूमा, सपाट काली कन्नी की वे इकलाइयाँ, जो तब दस रुपए जोड़ा आती थीं किन्तु मौसी के छन्दमय पदविन्यास में न जाने कैसी मोहिनी थी कि मेले में उनके साथ जाती तो उन्हें दूर से देखते ही मनचले पहचान लेते और सीटियाँ बजने लगतीं। उनके ईषत् मुकुलित अधरोष्ठ की मोहक भंगिमा, उनके महिमामय मुख की रेखाएँ, आँखों की निर्भीक चावनी, चिबुक की दृढ़ता, भृकुटि के अनोखे तनाव को निकट से देखते ही फिर वे धृष्ट सीटियाँ बजानेवालों के कंठ गह्वर ही में विलीन हो जातीं। उस निर्दोष चेहरे में न जाने क्या था कि लगता कोई देवमूर्ति किसी प्राचीन मन्दिर के गर्भगृह में खड़ी मानवता के उच्चतम शिखर से अपने मुग्ध मन्त्रों को निहार रही है। ऐसा ही अद्भुत व्यक्तित्व था मौसी का कि लगता था किसी प्रसिद्ध चित्रकार की कृति अपने में मानव-अस्तित्व की समस्त विडम्बना, विषाद, हर्ष, रहस्य एकसाथ प्रस्तुत कर रही है। मौसी नारी ही नहीं, नारीत्व का अनोखा सनातन नमूना थीं।

होली में मौसी के लिए विशेष रूप से कठोर नियम थे। सुबह से ही पुत्री के

द्वार पर बड़ा-सा ताला लटका देता था थानेदार। उसके विधुर पिता को असमय के पत्नीवियोग ने बेहद शक्की बना दिया था।

"अरी इससे तो बाबू दूसरी शादी ही कर लेते। ये मत करो, वो मत करो, जोर से मत हँस, होली में बाहर न निकल। अब साल-भर के त्यौहार में भी इस करमजले कपाल में अबीर-गुलाल का टीका नहीं लगा तो कब लगेगा?" वे रुआँसी होकर कहतीं।

पर नियम तो नियम ही थे। थाल-भर गुझियाँ, ठंडाई के छलकते गिलास सजा-सजाकर मौसी ही बाहर भेजतीं और द्वार की दरार से देखती रहतीं। न जाने कितने रिश्ते के मनचले देवर, जीजा उसी दरार पर दृष्टि निबद्ध किए, लम्बी साँसें भरते, काली थानेदारी मूँछों का ही अबीरी अभिनन्दन कर लौट जाते। मौसी के वैधव्य का करुण इतिहास किसी से छिपा नहीं था। पुत्री के लिए थानेदार ने अपनी ही बिरादरी का ऊँचा अगला गबरू जवान, ठोक-पीटकर छाँटा था, तब यह नहीं देख पाए थे कि चन्दन के उस वृक्ष को भीतर ही भीतर अदृश्य घुनों ने चाटकर खोखला कर दिया है, हाथ लगते ही वह ढह जाएगा। विवाह के पच्चीसवें दिन ही आभूषण सज्जाविहीना रुक्की मौसी पितृद्वार पर सिसकती खड़ी थीं।

पहले कुछ क्षणों तक थानेदार सन्न खड़े ही रह गए—यह क्या, अकेली नंगी-बुच्ची लड़की को मायके भेज कैसे दिया!

"क्या बात है रुक्की," बड़े दुलार से उन्होंने पूछा। पिता की ऐसी मीठी पुचकार सुनने की वह अभ्यस्त नहीं थीं, आज तक क्या कभी किसी गाली बिना दुर्धर्ष जनक ने उसे ऐसे पुचकारकर कुछ पूछा था?

वह बुरी तरह सिसकने लगीं, "बाबू, मैं अब वहाँ कभी नहीं जाऊँगी, देखो मेरी पीठ"—और फिर पिता के सम्मुख वह अपनी सुचिक्कन पीठ उल्लंघ कर खड़ी हो गई थीं। लगता था, कसाई ने हंटर से लड़की की पीठ ही उधेड़कर रख दी थी।

एक क्षण को थानेदार पत्थर की मूरत बन गया—अपने जीवन में उसने भी तो न जाने कितने अपराधियों की पीठ हंटर से ऐसे ही छीलकर रख दी थी, क्या आज उसी का दंड विधाता उसकी निरीह मातृहीना पुत्री की पीठ पर लिख गया था? फिर उन्होंने पिता को एक-एक बात बता दी थी। उनके शराबी नारी-लोलुप पति की एक नहीं अनेक रक्षिताएँ थीं, नववधू के समस्त आभूषण शराब के नशे में चूर उनका मदालस पति अपनी उन्हीं गोपिकाओं को बाँट

आया था। क्रोध में दाँत पीसता थानेदार एक भयानक हुंकार कर उठा तो शरीर का समस्त रक्त उसकी आँखों में उतर आया था। "तू दरवाजा भीतर से बन्द कर ले, मैं जा रहा हूँ।"

"कहाँ जा रहे हो बाबू?" चिन्तातुरा रुक्की मौसी मन-ही-मन जान गई थीं कि उसके बाबू नवीन जामाता से हिसाब बराबर करने ही जा रहे हैं–पिता का क्रोध क्या वह नहीं जानती थीं?

दूसरे दिन भोर होने से कुछ पहले ही वे लौटे तो रुक्की मौसी से कहा, "जा बेटी, अपना मंगलसूत्र उतारकर बाहर पत्थर पर रख आ।"

रुक्की मौसी वहीं पर धम्म से बैठ गई थीं, "क्या कह रहे हो बाबू, क्या कर आए हो तुम?"

"वही कर आया हूँ चेली (बेटी) जो करना चाहिए था। जा पोथी (लाड़ो) आपुंण चर्‍यो भैर ढुंग में धर आ।" (जा बेटी, अपना मंगलसूत्र बाहर पत्थर पर धर आ)।

किसी भी कुमाउँनी सधवा के लिए इससे विकट गाली और क्या हो सकती थी!

"तू घबड़ा मत बेटी, तेरा बाप कभी कच्ची गोलियाँ नहीं खेलता–पच्चीस वर्ष की थानेदारी कर चुका हूँ, वह भी कुमाऊँ के सबसे बीहड़ अपराधी इलाके कत्यूर में। कल सुन लेना, थानेदार का दामाद दुर्गिया कुमाऊँ मोटर यूनियन की बस से कुचला गया, सिर अलग और धड़ अलग। अच्छा हुआ जो साला शराब के नशे में चूर था। जाँच होगी तो वही अपराधी सिद्ध होगा। ड्राइवर खीमसिंह बेदाग छूट जाएगा–वैसे भी मैंने ड्राइवर के बाल-बच्चों का पूरा इन्तजाम कर दिया था।"

"यह क्या किया तुमने बाबू–छिः-छिः–अपनी ही बेटी को विधवा बना दिया!" वह बिलख उठी थीं।

"ऐसी सधवा से विधवा भली–तुझे कैसी चिन्ता है बेटी–तेरा बाप जो जिन्दा है।"

सुबह होते ही खबर पा पूरा गाँव उटल आया था, "हाय राम, क्या सुख देखा बेचारी ने! बचपन में माँ को खोया, विवाह होते ही पति को। ऐसा दिन दुश्मन को भी न दिखाए भगवान। थानेदार ज्यू–ठाकुरों की बेटी होती तो दूसरा घर कर देते पर अभागिन है भी तो ब्राह्मण की बेटी।" असमय के वैधव्य

ने मौसी के मासूम चेहरे को और भी कमनीय बना दिया था। पिता के गृह में अब उस पर किसी भी प्रकार की रोक-टोक नहीं रही। जहाँ चाहे घूमे, जैसे चाहे पहने-ओढ़े, पर मौसी ने स्वेच्छा से ही कठोर वैधव्य व्रत का ऐसा पालन आरम्भ किया कि गाँव की अनुभव प्राप्त वरिष्ठ विधवाएँ भी देखती ही रह गईं। न वह कहीं जातीं न हमजोलियों में उठती-बैठतीं। पहले कन्नीदार रंगीन साड़ियों से उनका बक्सा पटा था, एक-एक कर उन्होंने सब बाँट दीं, बिना किनारे की मर्दानी सफेद धोती, न हाथ में सोने की चूड़ियाँ, न गले में सोने की चेन, जिसके लॉकेट में मीनाकारी 'ॐ' गुँथवाकर, उसके पिता ने उसे कभी बड़े चाव से स्वयं पहना दिया था। लाख कहने पर भी उन्होंने फिर चप्पल नहीं पहनी, 'पहाड़' की विधवाएँ क्या कभी पैरों में कुछ पहनती हैं बाबू? उनके निर्दोष प्रश्न में भी, अपराधी पिता को कठोर श्लेष का पुट बुरी तरह आहत कर गया था। पहले पाँच मिनट में 'विष्णु-विष्णु' कह जो लड़की बड़े अधैर्य से पूजा-पाठ से निवृत्त हो जाती थी अब घंटों पूजा में बिताने लगी। कंठ तो मधुर था ही, संस्कृत का उच्चारण भी त्रुटिहीन था। मैं एक दिन मिलने गई तो देखा, सद्यःस्नाता मौसी पीठ पर सघन केशराशि बिखेरे, आँखें मूँदे, विष्णु सहस्र नाम का पाठ कर रही हैं, "रामो विरामो विरजो मार्गो नेयो नयोऽनयः वीरः शक्तिमतां श्रेष्ठो धर्मी धर्मविदुत्तमः"

मैं चुपचाप उन्हें देखती रही, पिछली होली को अभी सात ही महीने तो हुए थे, मैं उनसे मिलने गई तो वह रोटी डाल रही थीं। "अरी कल क्यों नहीं आई?" उन्होंने बड़े उत्साह से कहा, "हम तो खैर हर साल की तरह इस बार भी कमरे में बन्द थे। पर होली गाने बाबू ने बागेश्वरवाले जीजा को बुलवाया था।

"आहा—क्या कंठ है उनका! ऐसी बढ़िया होली गाई कि बस—सुनेगी?"

और फिर चीमटे-से सम का आह्वान करती वह स्वयं गुनगुनाने लगी थीं—

"जाय पडूँ पी के अंक
चाहे कलंक लगे री"—

फिर कुटिल कनखी से मुझे बींध वह बोलीं, "पी ही नहीं रहे तो किसके अंक में गिरूँ, तू ही बता?"

आज वही अबीर-गुलाल से मदालस कंठस्वर अचानक कितना बदल गया था।

पूरे गाँव में रुक्की के वैधव्य व्रत की ही चर्चा थी। क्या उम्र थी उसकी,

केवल पन्द्रह वर्ष, पर क्या गजब का संयम था, कैसी अपूर्व शुचिता थी। प्याज नहीं खातीं, टिमाटर, बैंगन, मसूर की दाल, जो-जो वस्तुएँ विधवा के लिए वर्जित हैं, वे ही दुर्भाग्य से कभी मौसी को प्रिय थीं पर मजाल कभी कोई वर्जित वस्तु जिह्वाग्र का स्पर्श करे या कोई एकादशी छूट जाए। मैं जितनी ही बार उन्हें देखती, लगता, वह साधारण मानवी के स्तर से निरन्तर ऊपर उठती, हम सबकी पकड़ से दूर होती जा रही हैं। वह दीप्ति, वह तेज, वह भावविह्वलता ही क्या सचमुच उन्हें हमसे दूर करती जा रही थी? क्या वैधव्य में भी नारी का रूप निखरता है, मन निर्मल होता है—और क्या विशुद्ध पति विरहित चित्त की वह निष्काम भावना एकता का सन्धान करती फिरती है? गाँव में कोई बीमार भर पड़ जाए, चाहे वह शूद्र हो या चांडाल—मौसी रात-दिन उसकी सेवा में एक कर देतीं। लगता था, काम, क्रोध, मद, लोभ जैसे तस्कर भी मौसी के पीछे-पीछे पालतू कुत्ते बने निरन्तर दुम हिला रहे हैं। मुझे विश्वास हो गया कि मनुष्य में ऐसी कोई महान शक्ति अवश्य वर्तमान रहती है जो दारुण आघात पाकर उसे जितेन्द्रिय बनने की प्रेरणा ही नहीं देती उसे जितेन्द्रिय बना भी देती है। जिस सहजता से उस बालिका के वैधव्य ने उसे विवेकशील प्रौढ़ा बना दिया था, उसे देख मैं अवाक् रह गई थी। जीवन के सोलह वसन्तों में ही उस बित्ते-भर की लड़की ने जैसे जीवन का महान सत्य उपलब्ध कर लिया था कि मनुष्य भोग से शाश्वत सुख प्राप्त नहीं कर सकता, त्याग में भी उसे चिरन्तन सुख मिल सकता है। किन्तु मुझे मौसी के भविष्य के प्रति एक आशंका रह-रहकर विचलित करती रहती। जो वास्तविकता है, उसे ऐसी दृढ़मनःशक्ति से दबाना क्या मौसी का अभिनय है? यदि वास्तव में वह सब अभिनय ही है, मात्र समाज को प्रभावित करने की चेष्टा है तो यह वास्तविकता कभी नग्न रूप में प्रकट होकर कुत्सित तो नहीं बन उठेगी? बँधे-बँधाए नियम-आचार की वाष्प जब तीव्र होकर भटकने लगेगी तो क्या मौसी के हृदयपात्र पर धरा संयम का ढकना हिल-हिलकर गिरने को तत्पर नहीं होगा? कहीं बेचारी मौसी अंतःकरण और बाह्य जगत को एक सूत्र में नहीं बाँध पाईं तो भयंकर तमोगुण के धुएँ में घुट-घुटकर मर नहीं जाएँगी? उनकी यह परदुःखकातरता, अपार करुणा, कठिन आत्मदान उसे अन्त तक स्वयं ही खंडित नहीं कर देगा? सोलह वर्ष की उम्र भी कोई उम्र होती है? उस कच्ची वयस में ऐसा वैराग्य? अंत तक निर्वाह कर पाएँगी वह!

फिर वर्षों का एक ऐसा अन्तराल आया, जिसके गह्वर में मौसी का पूरा अतीत बह गया। रुक्की मौसी सोलह ही वर्षों में चारों धाम कर आई थीं फिर भी मन नहीं भरा—पूर्णकुम्भ का पुण्य लूटने गाँव की भीड़ गई तो वह जिद कर उनके साथ हो लीं। पूरा कल्प करेंगी वह! किन्तु उसी वर्ष मेले के जानलेवा भीड़ के रेले में कुमाऊँ के कई धर्मभीरु गाँव के गाँव विलीन हो गए और लाख ढूँढ़ने पर भी स्तूपीकृत लाशों के ढेर में मौसी की देह नहीं मिली।

मृत्यु जीवन का अपरिहार्य अंग है, फिर थानेदार तो नुची-रौंदी पानी में तैरती असंख्य लाशों के पंचनामा का साक्षी रहा था, फिर भी दुखिनी पुत्री की उस अस्वाभाविक अकाल मृत्यु का आघात नहीं सह पाया। एक दिन दिल का ऐसा विकट दौरा पड़ा कि पानी भी नहीं माँगा।

फिर तीन वर्ष बाद गाँव के लोगों के लिए मर-खप गई रुक्की मौसी सहसा एक दिन स्वयं प्रकट हो गईं। पहले लोगों ने नहीं पहचाना, आए दिन बागेश्वर-जागेश्वर से आई भैरवियाँ, धूनी जमाती रहती थीं, होगी कोई। फिर उनके बागेश्वरवाले विधुर जीजा ने ही उन्हें सबसे पहले पहचान लिया था, पहचानते भी कैसे नहीं? द्वार की दरारों से कभी जिसकी तीखी नाक, अधमुँदे द्वार से ही हाथ बढ़ाकर दिए जा रहे चाय के गिलास पर लगी अंगुलियाँ, कटावदार आँखों में छलक रहे दमित उल्लास की सुस्पष्ट रेखाएँ, सब ही कुछ तो उनके मन के कैमरे ने उतारकर अपने लेंस में अमिट बनाकर रख दिया था। एक बार डरते-डरते उन्होंने रुक्की मौसी के उग्रतेजी पिता से उसे अपना बना लेने का दुस्साहसी प्रस्ताव भी सुनाने की धृष्टता की थी।

“सुनते हो जमाई,” थानेदार की मूँछें सेही के काँटों-सी ही सतर हो गई थीं, “पहाड़ का ब्राह्मण एक ही बार कन्यादान करता है—खबरदार जो ऐसे पाप की बात कभी जबान पर लाए।”

बेचारे, फिर लुकछिपकर ही अपनी सलोनी साली की छवि निहारकर ही अपनी अतृप्त क्षुधा का निवारण कर लेते। कभी नदी-घाट पर नहाती, कभी छत पर बड़ी-मुगौड़ी डाल रही रुक्की मौसी का एक-एक नैन-नक्श उन्हें कंठस्थ हो गया था। किन्तु आज तो उनकी वेशभूषा ही निराली थी—गेरुआ रंग की विचित्र मेखला, सिर पर उलझा जटाजूट, उस पर कुटिल भुजंगिनी-सी लिपटी रुद्राक्ष की माला, कंठ में रंगबिरंगी मूँग तुलसी की अनेक मालाएँ और कान फाड़कर लटके भैंसे के सींग के कुंडल। पहले ‘अलख माई भिच्छा दे’ कह वह परिचित गृहस्थों के द्वार पर खड़ी हुई थीं, पर कोई नहीं पहचान पाया—शरीर

पहले से कुछ भर गया था, वह अपूर्व यौवन जो पहले नए-नए पकड़े गए कोबरा-सा ही देखनेवालों को उद्धत फन उठाकर डँसने दौड़ता था अब भाग्यविधाता ने किसी दक्ष सपेरे के कौशल से, कुंडली में लपेट, जैसे पुनः गेरुआ मेखला की टोकरी में बन्द कर दिया था।

उस आकारविहीन ढीली कफनी में एक नहीं पाँच रुक्की मौसियाँ समा सकती थीं, लुभावना उभार न जाने किस जादुई छड़ी से सपाट हो कहाँ खो गया था। ललाट पर भस्म का लेप, उसी के बीच सर्प के उद्धत फन-सा बना त्रिपुंड, आँखें और भी तरल होकर कानों तक फैल गई थीं, 'जय बाबा गोरखनाथ' बीच-बीच में क्रुद्ध नागिन की-सी मौसी की फूत्कार एक पतली सीटी-सी बनकर खो जाती, कभी अकारण ही झूमने लगतीं मौसी, उलझा जटाजूट शिथिल हो कन्धों पर फैल जाता, स्तब्ध भीड़ सहमकर फुसफुसाने लगती, "सुना है, भीड़ ने जब रौंद दिया तो कनफटा जोगियों की जमात इन्हें कन्धे पर डाल अपने अखाड़े में उठा ले गई थी। वहीं गुरु महाराज ने दीच्छा दी। वहीं से सिद्धि पाकर हमारे लिए देवी बनकर लौटी हैं। देख नहीं रही हो, साच्छात अंबिका उतरी हैं माई पर—जै माता, जै जगदम्बा, जै माई।"

और उसी दिन से रुक्की मौसी माई बन गईं, सिद्धि माई। लोगों ने लाख समझाया, "माई, तुम्हारे पिता का खाली घर भाँय-भाँय कर रहा है, ऐसी ठंड है इस साल, अपने घर में ही धूनी रमाकर चिमटा गाढ़ दो माई।" पर माई ने एक नहीं सुनी। गला भी न जाने कैसे मोटा-मोटा हो गया था, "जाओ, भाग जाओ सब। कैसा घर? किसका घर? जोगी और साँप का भी कोई घर होता है?"

अपने ही घर के पास, देवदार के गगनचुम्बी वृक्ष के नीचे ही धूनी रमाकर जम गई थी माई और पूस-माघ की बर्फीली हवाओं से निरन्तर छः महीने टक्कर लेती रहीं। अन्न-जल कब का त्याग चुकी थीं, पहले कभी तुलसी की पत्ती चबा लेतीं, कभी आड़ू-सेब की, फिर वह भी त्याग दिया। अपर्णा बन गई थीं माई। किसी का बेटा असाध्य रोग से ग्रस्त हो मौत की घड़ियाँ गिन रहा था, डाक्टरों ने जवाब दे दिया, वैद्य ने सिर हिला दिया तो माँ-बाप डाँडी में लाद माई के थान ले आए—

"जय बाबा गोरखनाथ"—और लड़का दूसरे ही दिन कबड्डी खेलने लगा—माई की कृपा, एक हुंकारा और रोग-शोक दूर।

किसी की भैंस खो गई तो माई ने दिन, दिशा, नक्षत्र सब बता दिया।

इस दिन, इस दिशा में, इस नक्षत्र में भैंस मिल जाएगी, जा भाग। धीरे-धीरे माई की ख्याति कई शहरों तक फैल गई। बम्बई का कोई सेठ हवाई टिकट लेकर ही आया और माई को सिर-आँखों पर बिठा अपने ल्युकोमाग्रस्त पौत्र को रोगमुक्ति दिलाने बम्बई ले गया। कुवैत के किसी लक्षाधिपति ने तो दीनारभरी पूरी थैली चरणों में उड़ेल दी, पर माई नहीं गई।

"क्या करूँ रे जाकर, तेरा बेटा तो वहाँ जा चुका है जहाँ का बुलौआ रोकने तू मुझे लिवाने आया है।"

लोगों की आँखें फटी की फटी रह गईं। एकदम ठीक कह रही थीं माई, सचमुच ही उस शेख को बुलाने उसके सेक्रेटरी दूसरे ही दिन आ गए थे। केबल आया है। आपका बेटा नहीं रहा।

दुर्भाग्य से मैं रुक्की मौसी से तब मिल पाई, जब वह स्वयं असाध्य रोग से ग्रसित हो, जीवन की अन्तिम घड़ियाँ गिन रही थीं। रीनल फेलियर है, कोई उम्मीद नहीं है बचने की। कहते हैं डायलसिस शायद कुछ दिन बढ़ा दे या फिर किडनी ट्रांसप्लांट–किन्तु कौन अपना संसारी गुर्दा उस पवित्र देवमन्दिर में स्थापित करने का दुस्साहस कर सकता था? मृत्यु और मौसी साँप-नेवले से ही जूझ रहे थे कि फिर भी उनके भक्त अपनी माई की पराजय स्वीकार करने को तत्पर नहीं थे। जिसने सैकड़ों को जीवनदान दिया, वह क्या चाहने पर अपने को रोगमुक्त कर मौत को अंगूठा नहीं दिखा सकती? अवश्य दिखा सकती है, पर माई हमारी महान है–सिद्ध औतार, वह इच्छा मृत्यु चाहती है। इसी से हमसे कह दिया है–तुम सब बाहर बैठो। खबरदार भीतर कोई न आने पाए, मुझे शान्ति चाहिए, तुम सब कीर्तन करती रहो।

मैं उसी रामधुन की स्वरलहरी से दामन बचा, पिछवाड़े की सुरंग से निःशंक होकर भीतर चली गई थी। वह सुरंग एक मैं, रुक्की मौसी और थानेदार ही तो जानते थे। मैं भीतर गई तो एक विचित्र-सी सुगन्ध से मेरे नथुने फड़क उठे। तब क्या यह वही दिव्य सुगन्ध थी–अगरु-केसर-चन्दन-तुलसीदल की वह सुगन्ध, जो दिव्य विभूतियों के शरीर से स्वतः स्फूर्त हो स्वयं उनके संत होने का प्रमाण दे जाती है? पर कैसी लग रही थीं रुक्की मौसी? आँखें बन्द थीं या खुलीं? दोनों दुबले सींक-से हाथ परस्पर कैंची बने छाती पर धरे थे–जटाएँ बिखरकर इधर-उधर फैल गई थीं। मैं और निकट गई। पहले अपने एकान्त के उस अप्रत्याशित व्याघात से मौसी की भृकुटि तन गईं। उन्होंने भक्तमंडली को स्पष्ट आदेश दिए थे कि कोई भीतर न आने पाए,

फिर सहसा मुझे पहचानकर उन कोटरग्रस्त आँखों का आर्त्तविस्मय, उल्लास की रेखाएँ बन उस पीले चेहरे को उद्‌भासित कर गया, "अरी तू? देख मैं तुझे ही याद कर रही थी। एक काम कर देगी मेरा? देख जल्दी करना है, मेरे पास समय बहुत कम है, मुझे जाना है।" वह बालिका-सी अधीर हो उठी थीं।

"ऐसे में कहाँ जाना है तुम्हें मौसी। अब मैं आ गई हूँ, तुम्हें कहीं नहीं जाने दूँगी।" मैं उस झूला बन गई खटिया की पाटी पर बैठ गई।

"पगली" उस करुण हँसी में जैसे मौसी ने अपने प्राण निकालकर रख दिए थे। कंठस्वर जैसे मीलों दूर से आ रहा था, "जाना तो मुझे है ही, तू चाहने पर भी क्या मुझे रोक सकती है? पर यह काम तू ही कर सकती है।"

"बताओ क्या काम करना है मौसी!"

"ले," उन्होंने सिरहाने से दो रुपये मेरे हाथ में धर दिए, "कचहरी के पास लोहे के शेरवाली सड़क जानती है ना? और आगे बढ़ना"...फिर वह रुक गईं, जैसे बोल नहीं फूट रहा था।

"हाँ-हाँ, जानती हूँ" भला उस लोहे के शेर को अल्मोड़ा में तब कौन नहीं जानता था? उस आकारहीन, निर्जीव शेर की ख्याति, उसकी किस कलात्मकता के कारण हुई थी, यह मैं आज तक नहीं समझ पाई हूँ, निहायत बदसूरत उस शेर का चेहरा बिल्ली-सा ही लगता था, शरीर की काली-पीली धारियों को अल्मोड़ा की वर्षों की वर्षा के प्रहार ने एकदम रंगविहीन बना दिया था। फिर भी वह अल्मोड़ा के भूगोल का चलता-फिरता गाइड स्टोन था।

"वहीं से सीधी चली जाना। गरीबुल्ला की दुकान से थोड़े आगे एक मुसलमानी बिरयानी गोश्त की दुकान है, वहाँ से मेरे लिए एक प्याला सालन ले आ री चटपट।"

मुझे जैसे किसी ने तीखे ऊँचे पहाड़ से अंधी घाटी में धकेल दिया। कहती क्या है मौसी। वह गोश्त खाएगी। वह जिसने अपना कैशोर्य यौवन स्वेच्छा से शुचिता के अभेद्य दुर्ग में बन्दी बना अपनी सब इन्द्रियाँ विजित कर ली थीं, जिसने अन्न-जल त्याग केवल पत्ते चबाकर ही जिह्वा को पालतू बिल्ली बना लिया था, पवित्र, बेदाग सात्विकी सिद्धि माई, यह कैसी बचकानी अविवेकी फरमाइश कर रही थीं? कहीं दिमाग तो नहीं फिर गया था उनका?

"जा-जा, देर मत कर" फिर वे स्वयं ही कैफियत देने लगीं, "जीवनभर कभी गोश्त नहीं चखा, सुना है बहुत बढ़िया स्वाद होता है। बिना अतृप्त

लालसा लिए ही चली गई तो एक बार फिर इस मनहूस पृथ्वी पर लौटना होगा—जा मेरी बच्ची—ले आ जल्दी।"

मैं फिर हवाई घोड़े पर बैठी चली जा रही थी, न जाने कितनी पगडंडियाँ फाँदीं—जारवनदेवी, मोतियाधारा, चम्पानौला फिर वही ऐतिहासिक लोहे के शेर तक पहुँचानेवाली, सात-सात गजी सीढ़ियाँ—कंठ सूख गया, पैर काँपने लगे—पर मैं उस दुकान पर पहुँच ही गई। जब उसी वेग से लौटी तो रामधुन के समवेती कंठस्वर को, देवदारी बयार और भी तीव्रता से दुहरा रही थी। फिर उसी सुरंग को टटोलती भीतर पहुँची। सन्ध्या निढाल होकर पूरे कमरे में प्रसवाक्लांत जननी-सी पसरी पड़ी थी। मौसी का पीला रुग्ण चेहरा भी उस रक्तिम आभा में लाल लग रहा था, "ले आई?" लेटे-लेटे ही मौसी ने दिया सकोरा थामने दो हाथ बढ़ा दिए। मैंने बोटियों से भरा, अम्बरी लाल-लाल सालन मौसी को थमा दिया। "मुझे बिठा दे और दरवाजे की कुंडी चढ़ा दे, कोई आ न जाए—" वह बुरी तरह हाँफने लगी थीं। मैंने कुंडी चढ़ा दी, फिर सहारा देकर मौसी को बिठा दिया। बैठते ही वह मेरे हाथ से मिट्टी का सकोरा छीन भूखी शेरनी-सी उस पर टूट पड़ीं। 'आह-आह' करती वह जैसे हड्डियाँ चबाने लगीं कि मुझे भय हुआ कि हड्डियों के साथ-साथ मिट्टी का सकोरा भी न चबा डालें। फिर खाली सकोरा मुझे थमा, वह परमतृप्ति से अंगुलियाँ चाटती निढाल होकर पसर गईं।

"तू लाख बरस की हो। कलेजे में ठंडक पड़ गई। कभी चखा ही नहीं, सुना-भर था, आज जान गई। अब एक काम और कर। सामने पिटारा धरा है, उसमें ऊपर ही से मेरी शादी का बनारसी पिछौड़ा धरा है, मुझे ओढ़ा दे और सुन।" जैसे मौसी का दुःसाहसी प्रस्ताव पुराने बलगम-सा कंठ ही में अटक गया।

"क्या मौसी?"

"एक बिन्दी भी लगा दे, ईंगुर की डिबिया भी उसी पिटारे में है। आईना भी दे देना री।"

मैं काँपती मौसी के एक-एक आदेश का मन्त्रपूत माध्यम बनी पालन करती जा रही थी।

"इस मनहूस गेरुआ कफनी को उतारकर दूर पटक दे पहले।"

मैंने वही किया, यत्न से मौसी का श्रृंगार किया, कटोरी-सा घूँघट भी

निकाला, ईंगुर की नन्ही बिन्दी लगाई। काँपते हाथों से आईना देख वह हँसीं। वह हँसी थी या वेग से दबाई गई सिसकी।

"इतनी बुरी तो नहीं हूँ देखने में। सब इच्छाएँ पूरी हो गईं आज। बस एक ही इच्छा रह गई।" उनके दीर्घ श्वास ने दर्पण को मलिन कर दिया।

मैं चाहने पर भी नहीं कह पाई, "कौन-सी इच्छा रह गई मौसी, कह डालो ना।"

पर मैं तो नारी थी। समझ गई कि मौसी की कौन-सी इच्छा प्रेतछाया-सी उनके साथ ही जाएगी।

"जाय पड़ूँ पी के अंक चाहे कलंक लगै री।"

फिर उसी क्षण वह निर्वाक् होकर छत की बल्लियों को देखने लगीं। ऊर्ध्वश्वास सहसा कंठ में घरघराने लगा। कैसी स्थिर दृष्टि से देख रही थीं छत को।

''मौसी, मौसी?'' मैंने उनके कानों से सिर सटा दिया।

मौसी उसी पथराई दृष्टि से छत को ही देख रही थीं।

किसे देख रही थीं ऐसे? क्या वैतरणी के उस पार से नर-मांसभक्षी गिद्ध-चीलों की गोलाकार मँडराती पंक्ति को देख लिया था मौसी ने? या शोणित की तरंगों से तरंगायमान स्वयं वैतरणी ही उद्वेलित हो उन्हें लीलने बढ़ी आ रही थी? या यमदूतों के पीछे-पीछे आ रहे कद्दावर मांसभक्षी कुत्तों की लपलपाती जीभ ही मौसी की मर्मान्तक पुतलियों को ऐसे विस्फारित कर रही थी? मौसी निश्चेष्ट पड़ी थीं—न साँस का उतार-चढ़ाव, न कंठ की घरघराहट। मैं समझ गई। फिर मैंने यत्न से उनकी क्रमशः लकड़ी बनती जा रही देह से शृंगार उतारा, एक बार फिर वही गेरुआ मेखला पहना, रुद्राक्ष की मालाओं का भ्रामक जाल उस निष्प्राण छाती पर फैला दिया। अपने ही आँचल से बिन्दी का चिन्ह मिटाया। रामधुन, एक तीव्र बयार के साथ क्रमशः निकट आती जा रही थी—"जै माई, जै सिद्धि माई।" मैंने एक बार उस शान्त-स्निग्ध चेहरे को फिर से देखा—

कैसा अपूर्व सन्तोष था चेहरे पर। कैसी शान्ति।

भीड़ किसी दुःसाहसी, निर्भीक, दस्युदल-सी भीतर धँसी जा रही है, यह मैं समझ गई।

फिर मैं जैसे चुपचाप उस सुरंग से भीतर आई थी, वैसे ही चुपचाप बाहर निकल गई।

करिए छिमा

उस बर्फीले तूफान में हीरावती की विचित्र खोह में बन्दी हुआ श्रीधर भावनाओं के उफान में संयम के बन्धन को तोड़कर जैसे आदिम मानव हो उठा और अस्वस्थ मन एवं शरीर दोनों को वह पूर्ण विश्राम देना चाहता था। एक तो वह सर्वदा अपने प्रत्येक भाषण को बड़े परिश्रम से प्रस्तुत करता था, फिर इस भाषण में तो उसे अपने आगामी चुनाव के प्रतिद्वन्द्वी को धोबी-पछाड़ की पटखनी देनी थी। मेज़ पर धरी दुग्ध-धवल टोपी उसने सिर पर धर ली। जब तक वह अपने इस जादुई यन्त्र को सिर पर धर उसकी तीखी उस्तरे-सी धार पर हाथ न फेरता, वीणावरदंडमंडितकरा देवी सरस्वती उससे रूठी ही रहती। टोपी सिर पर धर वह दर्पण के सम्मुख खड़ा होकर मुस्कराया। प्रभावशाली प्रतिबिम्ब ने और भी अधिक आकर्षक स्मित का प्रत्युत्तर दिया।

प्रशस्त ललाट, तीखी नासिका, विलासी क्यूपिड अधर और चिकना-चुपड़ा चेहरा। श्रीधर को इस स्मित से सन्तोष नहीं हुआ। इस बार वह और भी आकर्षक ढंग से मुस्कराया। होंठ भींचकर प्रस्तुत किए गए उस संयमित स्मित का आकर्षण वास्तव में अनुपम था।

कौन कहेगा कि वह पचपन वर्ष का है? काले बालों को कौन-सी अमृत-बूटी पिलाता है वह? गत वर्ष यही प्रश्न, विदेश-यात्रा के बीच, उससे कई विदेशी गतयौवनाओं ने घुमा-फिराकर पूछा था।

वह नम्र मिष्टभाषी भारतीय अपने यौवन की मरीचिका की व्याख्या संक्षिप्त शब्दों में देता, "मेरे चिर यौवन का रहस्य है—स्वस्थ मन एवं स्वस्थ शरीर।" फिर वह मुस्कराकर अपने व्यक्तित्व का द्वार मखमली डिब्बा खोल जगमगाती दाड़िम-सी दन्तपंक्ति की रत्नराशि से भीड़ को मुग्ध कर देता।

"क्षमा कीजिए," यौवन को सदा गाँठ में बाँध कब्र तक ले जानेवाली

विदेशी रमणियाँ उसे फिर से घेर लेतीं, "आपने यह डंचर कहाँ बनवाया? हमें भी बनवाना है।"

"आपको बड़ी दूर जाना पड़ेगा," कहकर वह हँसकर आकाश की ओर उँगली उठा देता, "सौभाग्य से हम अधिकांश भारतीयों का एकमात्र डैंटिस्ट अभी भी विधाता ही है।"

बड़ी देर तक विदेशी रमणियाँ उसे अविश्वास से घूरती रहतीं।

आज एक बार फिर अपनी उस स्वच्छ, बहुचर्चित दन्तपंक्ति को गर्व से निहार, वह हाथ बाँधे, दर्पण के सम्मुख अपने दूसरे दिन दिए जानेवाले भाषण की आवृत्ति करने लगा। यह उसका नित्य का नियम था। विधानसभा हो या सार्वजनिक जलसा, बिना दर्पण के सम्मुख किए गए एक पक्के रिहर्सल के वह कभी भी अखाड़े में नहीं कूदता था। इसी से आत्मविश्वास का कभी न छूटनेवाला पक्का रंग उसके गोल चेहरे को वार्निश की-सी चमक से चमकाए रखता।

वह अपने उन सहकर्मियों में से नहीं था, जो घर से भाषण का होमवर्क करके नहीं लाते, और ऐन भाषण के बीच विषय से इधर-उधर भटकते बगलें झाँकने लगते हैं। उनकी ओछी हरकतों से कभी-कभी उसका माथा लज्जा से झुककर रह जाता था। सेक्रेटरी ने उल्टा-सीधा, लच्छेदार भाषा में भाषण लिख दिया, और उन्होंने करकराती शेरवानी और कलफ की टोपी पहन, मर्सिया-सा पढ़ दिया। लच्छेदार भाषा ही तो सबकुछ नहीं होती। विषयवस्तु का भी तो कुछ स्थायी महत्त्व होता है, यह नहीं जानती थी उसकी मूर्ख बिरादरी। पर कौन समझाए उन्हें। उनके कानों में तालियों की गड़गड़ाहट और गले में फूलों की माला पड़ गई, तो गंगा नहा ली। पर श्रीधर जनता को पहचानने लगा था। और जो कुछ भी हो, आज की बुद्धिजीवी जनता को छला नहीं जा सकता। इससे वह अपने दिमाग के कोठे को ठसाठस भरकर रखता था। उसके शब्दों के चयन, वाणी के ओज और उतार-चढ़ाव में ध्रुपद-धमार के गायक की सीधी-आड़ी, दुगुन और चौगुन लयकारी रहती। जैसे लच्छेदार बातों के जाल में दर्शकों को उलझा, चतुर बाज़ीगर हाथ के कबूतर को सहसा हवा में फड़फड़ा अदृश्य कर देता है और उसी पल भीड़ को उलझन में डालने को चादर से ढका अपने पैर का अंगूठा ऐसे हिला देता है, जैसे वह ठीक कबूतर की मुंडी हिल रही हो।

"वह है, वह है। वहाँ छिपाया है।" दर्शक कहते हैं।

"अरे, यह? यह तो मेरे पैर का अंगूठा है भाई।"

चतुर बाजीगर चादर हटा नंगा अंगूठा हिला, अपने को उससे अधिक बुद्धिमान समझनेवाले दर्शक को एक ही लटके से खिसियाकर धर देता है। ऐसे छोटे-मोटे अनेक रसीले लटकों से वह ओजस्वी वक्ता अपनी मीठी वाणी के मोहपाश में कड़े-से-कड़े आलोचक को भी बाँधकर रख देता था। फिर भी उसके व्यक्तित्व का आकर्षण विधाता की देन भले ही हो, उसकी प्रतिभा देवदत्त नहीं थी। उसके पीछे अथक परिश्रम का एक लम्बा इतिहास था।

श्रीधर ने एक साधारण गृह में जन्म लिया था। पिता थे एक शिवमन्दिर के पुजारी और माता को उसके जन्म के मूल नक्षत्र ने उसी दिन डस लिया था। पहाड़ के लाल मोटे चावल को नमक के साथ निगल, वह मीलों के तीखे उतार-चढ़ाव पार कर पढ़ने जाता था। आठ ही वर्ष का था कि पिता का साया भी उठ गया। लोक-लाज के भय से, ताऊ ने उसे अपने पास बुला लिया। ताई के दुर्व्यवहार और पहाड़ी पगडंडियों के उतार-चढ़ाव ने उसे जीवन के उतार-चढ़ाव के दुरूह पाठ को समय से पूर्व ही रटाकर पटु कर दिया था। इसी से उच्च पदारूढ़ होते ही उसने अपनी समग्र शक्ति अपनी पिछड़ी जन्मभूमि के शिक्षा-सुधार की ओर लगा दी थी। यह उसी की अटूट निष्ठा का फल था कि आज उन दुर्गम शैलशिखरों पर, जहाँ पहले चिड़िया भी नहीं चहकती थी, इतिहास, भूगोल और गणित की व्याख्याएँ गूँजने लगी थीं। कहीं-कहीं पर तो उसने चलते-फिरते स्कूल भी खुलवा दिए थे। हिमपात होते ही खच्चरों पर लदा हेडमास्टर, अध्यापक और विद्यार्थियों सहित पूरे स्कूल का स्कूल घाटी में उतर आता। इसी से एक ही चुनाव की नहीं, अगले कई चुनावों की विजय-पताका एकसाथ सिलवा वह मूँछों में ताव देता निश्चिन्त बैठ सकता था। गर्म चूड़ीदार, पट्टू की शेरवानी और नुकीली सफेद टोपीधारी उस सौम्य सन्त के भाषण के बीच जनता जनार्दन को चूँ करने का भी साहस न होता। भाषण के एक-एक चुने वाक्य मोतियों की लड़ियों की तरह स्वयं गुँथते चले आते। यहाँ तक कि उसकी किस उक्ति पर तालियों की गगनभेदी गड़गड़ाहट गूँजेगी, यह भी उसे पहले से ज्ञात हो जाता, और वह स्वयं विराम-अर्धविराम लगाता रहता। श्रोताओं को कब मातृभाषा की फुलझड़ी से गुदगुदाना होगा, कब अपनी अर्जित अन्तर्राष्ट्रीय ख्याति का प्रसंग कैसे छेड़ना होगा कि दर्पोक्ति न लगे, यह सब वह राजनीति का कुटिल खिलाड़ी भली भाँति समझता था। सहसा वह दर्पण के सम्मुख, किसी को कुछ न समझनेवाली नेपोलियन की

गर्वीली मुद्रा में खड़ा हो गया। उसका गर्व मिथ्या नहीं था। जिन ग्रामों में कभी मिट्टी के तेल की बाती भी नहीं दपदपाई थी, वहीं आज उसके प्रयास से पहाड़ी की वेगवती अलकनन्दा को बाँध विद्युत प्रवाहिनी उज्ज्वलता बिखेर दी गई थी। पर इस टोपी के ताज ने क्या उसे बिना कुछ किए ही बादशाह बना दिया था? क्या पुलिस की निर्मम लाठियों ने उसकी पसलियों का चूरा बनाकर नहीं धर दिया था? दुर्दान्त गोरे सिपाहियों के बैटनों ने क्या उसकी दोनों कमान-सी घनी भृकुटियों के बीच लम्बा घाव स्वतन्त्रता के विजय-तिलक के रूप में सदा के लिए सजाकर नहीं रख दिया था? और फिर अल्मोड़ा जेल की चारदीवारी में स्वेच्छा से ही बन्दी बना दिया गया उसका यौवन, नैनी जेल की सड़ी गरमी और लू की अविस्मरणीय लपटों से झुलसा दिया गया जवानी का बाँकपन क्या सहज में भुलाया जा सकता था? पर क्या केवल देशप्रेम ने ही उसे सर्वस्व त्यागी बनने का आमन्त्रण दिया था? अचानक श्रीधर के उल्लास की ज्योति धीमी पड़ गई। क्यों भाग गया था वह गाँव छोड़कर? जान-बूझकर ही अंग्रेज़ कमिश्नर के बँगले के सम्मुख अनावश्यक धरना देकर क्यों हथकड़ियों को रक्षाबन्धन की भाँति ग्रहण करने को उसने ललककर कलाइयाँ बढ़ा दी थीं?

श्रीधर की सफेद टोपी पसीने से तर हो गई।

कल अपने ग्राम के आकाश पर सर्र-से निकलते अपने वायुयान की खिड़की से उसे अपने विस्मृत ताजमहल का गुम्बद दीख गया, और रात-भर वह सो नहीं पाया।

एक गहरा निःश्वास उसके होंठों को कँपाता निकल गया। सिर की टोपी उतार, पंखा-सा झलता, वह आरामकुर्सी पर लद गया।

इन पच्चीस वर्षों में भी क्या मुँह का कड़वा स्वाद नहीं गया? कुर्सी पर अधलेटा श्रीधर आँखें मूँदे स्वयं ही स्मृति के घाव को कुरेदने लगा।

तब यौवन का बाँकपन उसकी मूँछों पर नवागत अतिथि बनकर उतरा ही उतरा था। ताई के दुर्व्यवहार से ऊबकर, वह अपने ग्राम की सीमान्तवासिनी एक मिशनरी मेम के साथ रहने लगा था। लोग कहते थे कि बुढ़िया ने उसे अपने साथ गिरजाघर ले जाकर, पक्का किरिस्तान बना दिया है। किरिस्तान तो नहीं, पर विदेशी सन्तानहीना मेम के स्नेह और अनुशासन ने उसे आदमी अवश्य बना दिया था। मृत्यु से पूर्व उस निःस्वार्थ वृद्धा ने उसे विश्वविद्यालय की उच्चतम परीक्षा उत्तीर्ण करा दी थी। यह ठीक था कि बेचारी की क्षीण

पूँजी श्रीधर की शिक्षा में ही चुककर रह गई थी, किन्तु अपनी अनमोल वसीयत के रूप में वह अपने सुदर्शन दत्तक पुत्र के नाम अपनी नम्रता, मिष्टभाषण एवं निष्कपट व्यवहार का कभी न शेष होनेवाला कुबेर का-सा कोष छोड़ गई थी। इसी वसीयत ने श्रीधर को ग्रामवासियों के हृदय के सर्वोच्च आसन पर बिठा दिया। केवल उसी के नहीं, दूर-दूर तक के ग्रामों में अनोखी सूझ-बूझ के उस न्यायप्रिय युवक की धाक जम गई। जहाँ पहले छोटी-मोटी ज़मीन-जायदाद और ज़र-ज़ेवर की समस्याएँ लेकर ग्रामवासी अल्मोड़ा की कचहरी-अदालत की धूल फाँकते थे, वहाँ चुटकियों में श्रीधर अपने विलक्षण कानूनी नश्तर से उनके विकट से विकट घाव चीरकर रख देता। सर्वसम्मति से वह ग्राम का नेता चुन लिया गया था। किन्तु चिन्ता एक ही बात की थी। उनका यह लोकप्रिय नेता एक नम्बर का भगोड़ा था। कई बार ग्रामवासियों ने उससे अनुरोध किया था कि वह स्थायी रूप से ग्राम में न्यायाधीश का पद ग्रहण कर ले, किन्तु श्रीधर तो रमता जोगी था! आज कालीपार अघोरी बाबा के आश्रम में तो कल साबरमती। जब कभी वह ग्राम में आता, विविध प्रकार के मुकदमों की पोटलियाँ उसके प्रांगण में खुलने लगतीं। किसी ने किसी के खेत की तीन-चार सीढ़ियाँ रात-ही-रात में काटकर अपने खेत में मिला लीं, कोई एक लम्बे अर्से तक फौज में रहा, और उसका सगा भाई उसकी सुन्दर पत्नी को लेकर भाग गया।

प्रत्येक मुकदमे में वह दूध-का-दूध, पानी-का-पानी कर देता। लोग कहते थे कि शिवालय की कोठरी में एक लम्बे अर्से तक पार्थिव पूजन कर, उसने शिवजी से अनोखा वरदान प्राप्त किया है। उसका अद्वितीय फैसला पक्ष और विपक्ष दोनों दलों को सदा मान्य रहता।

एक बार ऐसे ही एक विचित्र मुकदमे में उसने अपने ग्राम की उस सैडी टाम्सन को पहली बार देखा, जिसके सौन्दर्य और दुश्चरित्रता की दिगन्तव्यापी दन्तकथाओं को वह कई दिनों से सुनता आ रहा था। ठीक जैसे मॉम की नायिका धृष्टा सैडी ही लहँगा-ओढ़नी पहनकर बैठ गई हो। उसके विरुद्ध मुकदमा दायर करने आई थी स्वयं उसकी जुड़वाँ बहन पिरभावती और पीछे-पीछे थी पूरे ग्राम की भीड़।

"न्याय करो लाल साहब!" विदेशी वृद्धा के दत्तक पुत्र श्रीधर को सब इसी नाम से पुकारते थे। "इसके ससुरालवालों से बैर मोल लेकर मैंने इस नागिन को अपनी आस्तीन में पाला और ठीक महीने-भर में ही इसने मुझे डस

लिया।" और झोंटा पकड़ पिरू ने नागिन को खींचकर श्रीधर के पैरों के पास डाल, एक लात जमा दी।

संकोची श्रीधर हड़बड़ाकर खड़ा हो गया। पर क्षण-भर को उसके घुटनों से लगी वह लम्बी, छरहरी, चौड़े मर्दाने कन्धोंवाली क्षत्राणी, कपड़ों की धूल झाड़ती ऐसे खड़ी हो गई, जैसे पैर रपटने से गिर पड़ी हो। न उसके चेहरे पर लज्जा या खिसियाहट की एक रेखा खिंची, न उसने उस सार्वजनिक सभा में किए गए अपमान के विरुद्ध बड़ी बहन से कुछ कहा। सुन्दर अम्लान चेहरा क्षणिक लाली से रंजित हुआ। पर दूसरे ही क्षण वह धृष्टा किशोरी वहीं पर धरे टीले पर तिनका चबाती ऐसे बैठ गई, जैसे राजरानी हो। भुवाल संन्यासी के-से उस मुकदमे ने युवा न्यायाधीश को उलझन में डाल दिया। धनसिंह की पत्नी पिरू अपनी सुन्दरी जुड़वाँ बहन हिरू को एक माह पूर्व अपने साथ ले आई थी। उसका भगिनी-पति गैंग कुली था। कुछ ही माह पूर्व डायनामाइट ने चट्टान के साथ हिरू के सौभाग्य की भी धज्जियाँ उड़ा दी थीं। तब से नित्य पिरभावती अपनी अठारहवर्षीय बहन के दुर्भाग्य की कहानियाँ सुन-सुनकर व्याकुल हो जाती। आज सास ने अंगारे से उसे दाग दिया, आज देवर ने माथा फोड़ दिया आदि-आदि। फिर वह एक दिन उसे स्वयं ले आई। पर एक महीना भी नहीं बीता था कि हीरावती ने बहन की अनुपस्थिति में उसी के सौभाग्य-कोष पर डाका डाल दिया। रँगे हाथों पकड़ा था पिरभावती ने।

उधर पत्नी की दृष्टि में अपराधी धनसिंह अपने को दूध का धुला बता रहा था। "एक ही घड़ी में भगवान ने एक ही नक्शे की दो मूरतें रचकर रख दीं, तो आप ही न्याय करें, सरकार, दोष मेरा या विधाता का? मैंने ज़रूर इस छोकरी का हाथ पकड़कर इसे छाती से लगाया, पर यह भी तो चुपचाप छाती से लगी हँसती रही। एक-सी सूरत, एक-सी धोती और एक-सी हँसी। अब धनसिंह साला क्या कद्दू का चश्मा लगाए था!"

धनसिंह का यह कद्दू के चश्मावाला सस्ता मज़ाक जनता ने बेहद पसन्द किया और एक तुमुल हास्य-लहरी को रोकने के लिए स्वयं श्रीधर को खड़ा होना पड़ा था। "भाइयो, आप सब जानते हैं कि पंचायत में मुझे हँसी-ठट्टा पसन्द नहीं है। धनसिंह ठाकुर को जो कुछ कहना हो, साफ-साफ कहें।"

"अब इससे ज़्यादा साफ-साफ और क्या कहूँ, अन्नदाता?" धनसिंह ठाकुर अपनी रसिकता से बाज़ नहीं आता। "धोती खोलकर नंगा हो जाऊँ? पंचों के सामने अब और क्या कहूँ? पर गंगा की सौं, यह छोकरी टुकुर-टुकुर

मेरी ओर देखती हँसती रही। एक बार कहती कि 'मैं तेरी साली हूँ,' तो क्या मैं इसे छूता?''

टीले पर बैठी अब भी वह छोकरी टुकुर-टुकुर धनसिंह को देखती वैसे ही हँस रही थी। श्रीधर ने दोनों बहनों को देखा। सचमुच एक ही ठप्पे पर दो बहनों की सृष्टि की गई थी। अन्तर दोनों में उतना ही जितना एक जोड़ा ऐसी धोतियों में होता है, जिनमें से एक तो बिना धुली कोरी ही धरी हो और दूसरी धोबी की पछाड़ ने साफ कर दी हो।

''झूठ बोलता है बेशरम!'' पिरभावती ने घृणा से पति की ओर देखकर कहा, और सीना तानकर पंचों के बीच खड़ी हो गई।

''मेरी हालत देखो लाल साहब!'' उसका स्वर उत्तेजना से काँपने लगा, ''क्या मेरी घाघरी गले से नहीं बँधी है? और क्या इस फटफटी छोकरी का पेट पीठ से नहीं लग रहा है?''

उसकी किसी चतुर क्रिमिनल वकील की-सी इस दलील ने मुकदमे को जटिल बना दिया। अपनी गर्भावस्था के अन्तिम उभार का समुचित प्रदर्शन करने के बाद बैठकर वह प्यासी कुतिया-सी हाँफने लगी।

ठीक ही कह रही थी वह। दोनों के चेहरे भले ही एक-से हों, शरीर की गढ़न में किसी प्रकार की छलना के लिए गुंजाइश नहीं थी।

टीले पर बैठी इकहरे शरीर की सुन्दर स्वामिनी तिनका चबाती अब भी उतनी ही रहस्यमयी रही। पंचों की जूरी श्रीधर से विचार-विमर्श करने पास की गँधाती गोशाला के पिछवाड़े चली गई। अन्तिम फैसला देने से पूर्व इस विचित्र अदालत का यही नियम था।

पता नहीं क्या फैसला देगा लाल साहब! उसका फैसला सदा बेजोड़ होता है।

श्रीधर का गम्भीर कंठस्वर पहाड़ी मन्दिर के दमामे-सी चोट करता गूँज उठा था—''भाइयो, पंचों के मत से धनसिंह ठाकुर निर्दोष है।''

''धन्य हो लाल साहब।'' धनसिंह के पाँचों पांडवों-से भाई टोपियाँ उछालने लगे थे।

''हो सकता है,'' श्रीधर कहता जा रहा था, ''कि अँधेरे में ठाकुर अपनी साली का चेहरा ही देख पाए हों, शरीर नहीं। और दोनों बहनों के चेहरों में तिल-रत्ती का भी अन्तर नहीं है। यह तो आप स्वीकार करेंगे ही...।'' सैकड़ों आँखों का फोकस एकसाथ ही प्रमुख नायिका के चेहरे की ओर घूम गया।

"दोष निश्चय ही हीरावती देवी का है। क्या आप घबराहट से चीख नहीं पाईं?"

श्रीधर ने अपने इस सहृदय प्रश्न से अड़ियल घोड़ी की लगाम में ढील दी, कि शायद इस प्रश्न का सहारा पाकर कह दे कि हाँ, मैं घबरा गई थी। पर वह तो निरुत्तर, सिर नीचा किए, अपनी उसी रहस्यात्मक मुद्रा में मुस्कराती रही। उस उद्दंड किशोरी की इस चोरी और सीनाज़ोरी को देख, न्यायप्रिय श्रीधर का खून खौल गया। इससे पूर्व भी उसके पास, इस दूसरे ग्राम से आ टपकी, महामारी-सी मारक दुश्चरित्रा हीरावती के उन्मूलन के अनुरोध की प्रार्थना करते कई गुमनाम पत्र आ चुके थे।

"हीरावती देवी, आपको दस मिनट का समय और दिया जाता है। इस बीच भी आप अपनी सफाई न दे सकीं, तो पंचों को अपना फैसला देना ही होगा।" श्रीधर ने दृढ़ स्वर में कहा था।

हीरावती ने बड़ी उपेक्षापूर्ण दृष्टि से श्रीधर को देखा, फिर द्रोणागिरि के पीछे लाल आग के गोले-से डूबते सूर्य की ओर अपनी दृष्टि निबद्ध कर दी, जैसे अस्ताचलगामी सूर्य के साथ ही पंचों के निरर्थक प्रश्न को भी डुबो रही हो। दस मिनट तो क्या, दस वर्ष की अवधि दिए जाने पर भी शायद हीरावती उसी दार्शनिक मुद्रा में मुस्कराती रहती।

हारकर पंचों ने फैसला दे ही दिया, क्योंकि दोनों जुड़वाँ बहनों का रंग-रूप एक ही था, शरीर के आकार का अन्तर भी स्थायी नहीं था, गर्भ-भार से मुक्त होने पर पिरभावती फिर अपनी जुड़वाँ बहन का अविकल प्रतिरूप बन जाएगी, और ठाकुर धनसिंह की अपनी घातक भूल दोहराने की सम्भावना और अधिक बढ़ जाएगी। इसी से श्रीमती हीरावती को आदेश दिया कि वे बारह घंटे के भीतर ग्राम की सरहद खाली कर दें।

फैसला सुनते ही हीरावती मुस्कराकर श्रीधर की ओर मुँह फेरकर खड़ी हो गई। पहली बार उसने मुँह खोला, "ठीक है, पंचो! मैं आज से कोढ़ी साहब के ओड़यार में रहूँगी। वह तो आपके गाँव की सरहद के बाहर है न?"

उसने एक बार फिर अपनी रससिक्त मुस्कान से ग्राम के मनचलों को तिलमिलाकर धर दिया। अचानक भीड़ स्तब्ध हो गई। कहती क्या है छोकरी? कोढ़ी साहब की गुफा में रहेगी? चारों तरफ से मीठे सेब, नाशपाती, अखरोट और मिहिल के वृक्षों से आच्छादित उस लम्बी रेल-टनेल-सी बनी अन्धकारपूर्ण प्राकृतिक गुहा में बहुत पहले एक विदेशी चित्रकार आकर रहने लगा था। अब

ग्रामवासियों के कथनानुसार वह गुहा उसी साहब की प्रेतयोनि का स्थायी आवास बन गई थी। अपने बीभत्स महारोग को, अपनी ग्रीक देवता-सी सुन्दर देह में छिपाए वह विदेशी जब गुहा में रहने आया, तो उसके रोग का कोई भी बाह्य चिह्न देखने में नहीं आता था। ग्रामवासी उसे 'पादड़ी साहब' कहकर पुकारते थे। धीरे-धीरे किसी खन्दक में छिपे कुटिल शत्रु की भाँति, उसके रोग ने उस पर अचानक आक्रमण कर दिया, और वह निहत्था नहीं जूझ सका। पहले हाथ की अंगुलियाँ गईं, फिर पलकें। और एक ही वर्ष में वह बुरी तरह लँगड़ाने लगा। कुछ दिनों तक वह अपने ठूँठ-से हाथों से गुहा-भित्ति को अपनी अनूठी कला से विभूषित करता। पर एक दिन विवश तूलिका नीचे गिर पड़ी। साहब फिर भी सहज में पराजय स्वीकार करने को तत्पर नहीं हुआ। जो कलात्मक हाथ तूलिका को धन्य करते थे, उन्होंने कुदाली थाम ली। जलना, रामगढ़ और कुल्लू से सुनहरे सेब, नाशपातियों की पौध मँगवाकर कोढ़ी साहब ने अपने विकृत हाथों से फल और पुष्पों के भावी नन्दनवन की सृष्टि कर दी। यह ठीक था कि वह स्वयं फल खाने तक जीवित नहीं रहेगा, क्या मीठे कुएँ का पानी पीकर लोग कुआँ खोदनेवाले को स्मरण नहीं करेंगे?

इधर रोग अब छाती पर चढ़ बैठा था। एक दिन शायद उसकी मानसिक व्यथा शारीरिक व्यथा से भी अधिक असह्य हो उठी। एक ग्वाले के पुत्र को उसने कभी पढ़ाया था। वही पाव-भर दूध नित्य साहब के आले में धरे मग में उँड़ेलकर जाता था। एक दिन वह आया, तो मग नहीं था। खिड़की से झाँका और चीखकर भाग गया। गुहा-भित्ति की किसी अदृश्य खूँटी से टँगी साहब की निर्जीव देह झूल रही थी।

फिर किसी को भी उस ओर जाने का साहस नहीं हुआ। अल्मोड़ा के ही दो-तीन मिशनरी आकर उसी के बाग में उसे दफनाकर चले गए। तब से प्रति वर्ष सेब और नाशपाती के वैभव से गदराए कोढ़ी साहब के बाग का व्यर्थ यौवन अनाघ्रात पुष्प की भाँति झर-झरकर मुरझा जाता। लोगों का कहना था कि गुहा की छत से झूलता कोढ़ी साहब सन्ध्या होते ही कूद जाता है और बड़ी चौकसी से अपने बाग की रखवाली करता है। उसी ओडयार में सुन्दरी हीरावती के रहने का अमानवीय संकल्प सुनकर उसकी बहन ने कहा, "बहुत देखे हैं ऐसे ओडयार में रहनेवाले!"

पर जब तीसरे दिन ही उस दुस्साहसिनी नारी को किसी ने साहब के बाग के सुनहरे सेब बेचने बाजार जाते देखा तो पूरा ग्राम दंग रह गया। कुछ ही

घंटों में वह टोकरी-भर सेब बेच अपनी नई गृहस्थी बसाने के सामान से भरी पोटलियाँ लेकर मुस्कराती लौटी तो स्त्रियों में कानाफूसी होने लगी, ''देखा, कितने बड़े बमगोले से सेब, आड़ू हैं! कोढ़ी साहब की हड्डियों की खाद डली है, इसी से!''

फिर तो हीरावती हर तीसरे दिन भरी-भरी टोकरियाँ सिर पर धर मटकती बाज़ार को जाती। कभी नाशपाती, कभी अखरोट और कभी किसी महादानव की उँगलियों-सी दैत्याकार भिंडियाँ। ''लगता है कि कोढ़ी साहब के प्रेत को ही फाँस लिया है छिनाल ने, नहीं तो ये बेमौसमी भिंडियाँ आईं कहाँ से?'' स्त्रियाँ कहतीं।

पर उसकी भिंडियाँ, चाहे वे इहलोक की रही हों या परलोक की, बिककर चुटकियों में टोकरी श्रृंगार-प्रसाधन की सामग्री से भर जाती थी। कभी टोकरी में धरा चौकोर दर्पण उसकी समवयस्काओं की आँखें चौंधिया जाता। कभी गौर मृणालदंड-से सुकुमार हाथों में चमचमाती लाल-हरी रेशमी चूड़ियाँ देखनेवालों का कलेजा भूँजकर रख देतीं। हीरावती भी जान-बूझकर ही अपनी उत्तरोत्तर बढ़ती समृद्धि का ईंधन ग्रामवधुओं की ईर्ष्याग्नि में झोंकती रहती। कोढ़ी साहब के बमगोले-से सेबों की लालिमा ने उसके मंगोल कपोलों को अपनी अनुपम तूलिका से रँग दिया। नित्य के फलाहार ने वनदेवी के सलोने चेहरे की चिकनाई पर नवनीत का प्रलेप कर, उसे नवजात शिशु के चेहरे-सा सुचिक्कन बना दिया। वह जिस पथ से फलों का निर्यात करने जाती, वहाँ पर जान-बूझकर ही ग्राम के मनचलों की टोलियाँ चक्कर लगाने लगीं। एक तो वह जब से उस भुतही गुहा में रहने लगी थी, उसका मूल्य तरुण वर्ग में बहुत बढ़ गया था। वह गिरिशिखर, शेर और भालुओं का कुख्यात अड्डा था। उस पर तीन मील की तीखी चढ़ाई नित्य पारकर चढ़ना-उतरना हँसी-खेल नहीं था। फिर दिन डूबे लौटने पर कोढ़ी साहब के प्रेत का सान्निध्य। ''मसान साध रही है चुड़ैल,'' स्वयं उसकी बहन ही इधर-उधर कहती फिरती। पर गुहावासिनी, विचित्र कपालकुंडला को किसी की चिन्ता नहीं थी। श्रीधर के शिवालय की खिड़की से तुंग पर्वत की शुकनासिका-सी मुड़ी चोटी पर बनी हीरावती की लम्बी गुहा किसी मृत गैंडे की मटमैली देह-सी पड़ी स्पष्ट दीखती थी। कभी-कभी खद्योत-सा दीपक टिमटिमाता दिख जाता, और कभी गुहा की चिमनी पर मँडराती धूम-रेखा। 'क्या सचमुच ही मसान साध रही होगी हीरावती?' श्रीधर मन-ही-मन सोचता।

पगडंडियों से उतरती, उस अनुपम लावण्यमयी ग्राम्या को लोलुप दृष्टि से निहारते, वह ग्राम के कितने ही युवा, प्रौढ़, यहाँ तक कि वृद्धों के पोपले मुखों को भी लार टपकाते देख चुका था। यह ठीक था कि घास के बोझ को थामने में लचक गई कटि के मोहक भंगिमा-प्रदर्शन में स्वयं उस मायाविनी की कोई कुचेष्टा नहीं रहती थी। वह मोहक लचक तो प्रत्येक कुमाऊँनी घसियारिन को विधाता का देवदत्त वरदान है। जिस नृत्य-प्रवीणा की-सी स्वर-लय के साथ संगत देती चाल की शिक्षा आधुनिक युग की गगनचारिणी विमान-परिचारिकाओं को, माथे पर पुस्तक धर, महीनों कड़े अनुशासन के चाबुक की मार से दी जाती है, उसे कुमायूँ की वह पर्वत-कन्या सहज स्वाभाविकता से घास का असह्य बोझ सिर पर धरते ही सीख लेती है।

ऐसे ही संगीत-मुखर चाल के घुँघरू बजाती हीरावती घास का गट्ठर सिर पर धरे उतरती तो आस-पास से सीटियाँ बजने लगतीं। कमर से कसकर बाँधा पिछौड़ा, कसी वास्कट के खुल-खुल जाते बटनों पर नीली-पीली मालाओं का उठता-गिरता जाल और भुजंगप्रयात के-से छन्द में बँधी मीठी पदचाप। 'अपने सात्त्विकी ग्राम से हीरावती की मनहूस छाया हटानी ही चाहिए मुझे।' नित्य श्रीधर अपना एक संकल्प दोहराता। पर अब तो हीरावती को उसका न्याय-दंड स्पर्श नहीं कर सकता था। वह तो सचमुच ही ग्राम की सरहद के बाहर थी। इधर भ्रष्टा हीरावती ने उसका सिरदर्द और बढ़ा दिया था। ग्राम के प्रवेश-द्वार में उसका शिवालय था और हीरावती नित्य वहाँ से उतरते हुए, अकारण ही खाँसती-खँखारती शिवालय का घंटा ज़ोर-ज़ोर से बजाने लगती।

"शम्भू, हरहर!" कहती हुई, वह कभी-कभी उसकी साँकल भी खड़खड़ा जाती, "उठो हो, जज साहब! तुम्हारी कचहरी का टाइम हो गया।"

उसकी ओछी हँसी का स्वर श्रीधर को ज़हर-सा लगता। पर झुँझलाकर वह खून का घूँट पी जाता। एक तो औरत ज़ात, ऊपर से ऐसी बेगैरत! कौन मुँह लगे। वह रजाई सिर तक खींचकर सोता रहता। एक दिन हीरावती समय से कुछ पूर्व आ धमकी। मन्दिर का घंटा शायद उसने जान-बूझकर ही नहीं बजाया। रात बीतने ही को थी कि खुसर-पुसर सुनकर श्रीधर जग गया। कार्तिक का महीना था। आए दिन शिव-मन्दिर में पार्थिव पूजन कर स्त्रियाँ शिवलिंग को दूध-दही से नहला जातीं। हो-न-हो, कुत्ता ही शिवलिंग को चाटने घुस आया होगा। श्रीधर ने लाठी उठाई और दबे पाँव जाकर खिड़की से झाँका। कल भी ठीक आधी रात को एक काली कुतिया दूधिया शिवलिंग को

अपवित्र करने घुस आई थी।

'कल तो हाथ नहीं आई, आज कमर तोड़कर रख दूँगा,' सोचता श्रीधर झाँकने को बढ़ा। पर वहाँ तो कोई दूसरी ही छाया अपनी अपावन उपस्थिति से शिवालय को अपवित्र कर रही थी। शिवलिंग के सम्मुख घुटने टेके, आँखें मूँदे, भाव-विभोर होकर हीरावती मीठे करुण स्वर में गा रही थी–

नरेणा नरेणा,
मेरी कइया नी कइया
करिया नी करिया,
करिये छिमा,
छिमा मेरे परभू।
नारायण, हे नारायण,
मेरा किया, ना किया,
कहा, अनकहा
सब करना छिमा,
छिमा मेरे प्रभु।

दोनों आँखों से आँसू की अविरल धारा बहाती, वह शिवलिंग का अभिषेक-सा कर रही थी। नित्य इन्हीं आँखों से हँसने, खिलखिलाने और चिढ़ानेवाली आनन्दी हीरावती आज किस दुःख से रो रही है? उस रहस्यमयी नारी के हृदय का भेद लेने को श्रीधर व्याकुल हो उठा। वह धीमे पैरों से बढ़कर खिड़की के पास सट गया। ओह, ग्राम छोड़कर जा रही है हीरावती! पास ही टोकरी में उसके कपड़े, शृंगार-पिटारी, बर्तन-भाँडे धरे हैं। शायद जुड़वाँ बहन की ममता उसे रुला रही है, या ग्रामवासियों का निर्मम व्यवहार। पर वह स्वयं रूपवती हीरावती को रुला सकता है, यह बात वह वीतरागी संयमी युवक स्वप्न में भी नहीं सोच सका। वह तो चुपचाप स्वयं ही अपनी शंका का समाधान कर कोठरी में लौट आया और साँकल चढ़ाकर सो गया। तब तक किसी भी विकार ने उसके निष्कलुष चित्त को दग्ध नहीं किया था। हीरावती उसके लिए एक ऐसा सुन्दर जंगली गुलाब थी, जिसे हवा में झूमते देखना कला-पारखी चित्त को निश्चय ही रुचता था, किन्तु उसे तोड़कर कभी सूँघा भी जा सकता है, यह उसने कभी सोचा भी नहीं था।

दूसरे दिन, तीसरे दिन और कई दिनों तक हीरावती नहीं दीखी। "निश्चय ही कोढ़ी साहब का प्रेत उसे अपने साथ कब्र में खींच ले गया है," ग्राम की

स्त्रियाँ कहतीं तो श्रीधर को मन-ही-मन हँसी आती। वह तो हीरावती को माल-असबाब सहित जाती देख चुका था। चलो, अच्छा हुआ। फोड़ा फूट गया। उसे नश्तर नहीं लगाना पड़ा।

पर ठीक महीने-भर बाद ही हीरावती एक दिन अपने गिलट के आभूषणों की नकली चमक से अपने यौवन की असली चमक को द्विगुणित करती, ग्राम-भर की औरतों की छाती पर मूँग दलती, अलस पगों से पगडंडी की चढ़ाई चढ़ने लगी तो आँगन में खड़ी उसकी सौत बन गई बहन अपने क्रोध को नहीं रोक सकी।

"कहाँ से मुँह काला करके लौटी है अभागी? वहीं क्यों नहीं डूब मरी...?" उसने चीखकर पूछा, तो कई स्त्रियों के झुंड खिड़कियों में झाँकने लगे। श्रीधर बाहर ही बैठा जनेऊ कात रहा था, नये आभूषणों में जगमगाती हीरावती धमककर पलटी, "डूबने ही तो गई थी, दीदी!" वह हँसी और उसके गालों के दो मनोहर गड्ढों पर फहराती स्मर-ध्वजा को श्रीधर ने पहली बार देखा। "डूबने कहाँ दिया मुए परदेशियों ने? कहने लगे–'हीरावती, ऐसी हीरे की देह को डुबाता भला कौन है! इसे तो सजाया जाता है।' यह देखो दीदी, चन्द्रहार, हमेल, मूँगे की नेपाली माला, सब ले दीं परदेशियों ने।"

घृणा से थूककर, पिरभावती ने द्वार बन्द कर लिए, तो हीरावती अपनी निर्लज्ज हँसी की खनक से पगडंडी गुँजाती चली गई।

फिर कई दिनों तक हीरावती नीचे नहीं उतरी। लगता था कि हमदर्द परदेशियों ने उसके कई दिन तक नीचे न उतरने का प्रबन्ध कर दिया था। 'कौन जाने, बीमार ही पड़ गई हो' श्रीधर सोचता। फिर स्वयं ही झुँझला उठता। उसे क्या? मरे ससुरी हीरावती। पर झुँझलाने से क्या होता? रात को गिलट के आभूषणों में जगमगाती मेनका विश्वामित्र के स्वप्नों के रंगमंच पर उतर ही आती और ऐसा उत्पात मचाती कि श्रीधर शिवलिंग के सम्मुख औंधा होकर सुबकने लगता, "कैसा दंड दे रहे हो, भोलानाथ? ऐसी नीच स्त्री को पाने को मैं स्वप्नों के शून्याकाश में भी बाँह क्यों फैलाता हूँ?"

उसके संयम-दुर्ग के किसी अरक्षित छिद्र से ही विकार का यह सर्प घुस आया था। अब इसको कुचलने का एक ही उपाय था। तड़के ही उठकर वह साबरमती चला जाएगा और बापू के पावन चरणों में अपने हृदय में छिपे कुटिल शत्रु को बाँधकर डाल देगा। तभी उसे शान्ति मिलेगी। पर हृदय में छिपा यह चतुर शत्रु क्या सहज ही पकड़ में आता है? अविवेक, विकार और

मिथ्या दलीलों की पुष्ट शाखाओं पर विचरते, इस शाखामृग को मानवीय बन्धन बड़ी कठिनता से जकड़ पाता है। रात ही को श्रीधर ने ग्राम त्याग दिया। पर जिस पगडंडी चढ़ उसे बस-स्टेशन पहुँचना था, उसे छोड़ उसने जिस दूसरी छद्मवेशिनी पगडंडी की उँगली पकड़ी, वह अन्तहीन बनती, उसे किसी गहन वन में खींच ले गई। दुरूह पगडंडी की पहेली न समझ पाने से झुंझलाया, क्लान्त श्रीधर एक झरने के पास बैठा सुस्ता ही रहा था कि किसी के कराहने की आवाज़ से चौंका। क्या उसी की भाँति कोई मार्ग भूल गया है? माघ का महीना था। ठंड से दाँत-से-दाँत बज रहे थे। सामान्य-सी बूँदाबाँदी अब गर्जन-तर्जनपूर्ण शिलावृष्टि के रूप में चट्टानों पर किसी कुशल तबला-वादक की दक्षता से त्रिताल के-से टुकड़े बजा रही थी। वह लपककर पेड़ों के झुरमुट को छाता बनाने को बढ़ा, तो कराह की ध्वनि स्पष्ट होकर उसके पैरों से टकरा गई।

"कौन?" अन्धकार के काले कम्बल ने उसका गला घोंट दिया।

"ओह, लाल साहब, तुम हो! बचा लिया शम्भो।... मैं हूँ हीरावती।"

जिन बेड़ियों का बन्धन काटने वह ग्राम छोड़कर भाग रहा था, उन्हीं के लौहपाश ने उसके दोनों पैरों को जकड़ लिया। हीरावती ऐसे सिसक रही थी, जैसे सिसकी के साथ ही प्राण निकल जाएँगे।

"घास काटकर लौट रही थी। मोच आ गई। बस, किसी तरह खींच-खाँचकर मेरी गुफा में पटक दो, लाल साहब! तुम्हारे गुण नहीं भूलूँगी।"

श्रीधर अजीब पशोपेश में पड़ गया। हीरावती को वह खूब पहचानता था। कहीं बहाना बनाकर वह छायाग्राहिणी सिंहिका उसे अपनी गुहा में अपनी लोक-प्रसिद्ध क्षुधा का ग्रास बनाने को तो नहीं खींच रही थी?

"देर मत करो, लाल साहब! हत्यारा आता ही होगा... देखते नहीं, बदबू आने लगी है।" उसने अधैर्य से कहा, तो श्रीधर भी चौंक उठा। वनराज की निकट आती, असह्य दुर्गन्ध को जन्म से ही वनों में रहनेवाला श्रीधर भी खूब पहचानता था। वह तड़पकर झुका और भीगी घास पर असहाय पड़ी हीरावती को उसने अपनी बलिष्ठ भुजाओं में उठा लिया।

"आह, धीरे पकड़ो, लाल साहब! पैर में ठेस लग रही है। हाय! मेरा हँसिया तो उठा लो।" हीरावती ने कराहकर कहा।

"भाड़ में जाए तेरा हँसिया। बोल, कहाँ है तेरी गुफा?" झुंझलाकर श्रीधर हाँफने लगा। हीरावती की गठी काठी का बोझ असामान्य रूप से भारी लगने

लगा था।

सहमकर हीरावती 'इधर-उधर' करती, कई क्षीण-दुरूह पगडंडियों का प्रदर्शन करती गुफा तक पहुँच गई।

"बस, यहीं भीतर पटक दो मुझे। भगवान तुम्हें लाट-कमिश्नर बनाए, लाल साहब! तुम न मिलते तो अभागा आज मुझे खा ही डालता।"

गुहा में प्रवेश करते ही श्रीधर को लगा, जैसे वह किसी गर्म दहकती भट्टी के पास खड़ा हो गया—बाह्य और गुहा के तापमान में धरती-आकाश का अन्तर था। हीरावती को नीचे उतारकर, वह रूमाल से पसीना पोंछ ही रहा था कि अब तक पंगु बनी हीरावती छलाँग लगाकर भागी और पास ही धरी एक विराट शिला को लुढ़काकर उसने गुहा-द्वार बन्द कर लिया।

"बाप रे बाप," वह लँगड़ाती हुई चट्टान का सहारा लेकर खड़ी हो गई। "कभी-कभी तो बिल्ली के पंजे टेककर आता है हरामी। देखो," उसने श्रीधर को खींचकर दरार के पास खड़ा कर दिया। "देखो," वह हँसकर फुसफुसाई।

साथ-ही-साथ एक विकट गर्जना से वन के ओर-छोर गूँज उठे। साहसी श्रीधर को भी पसीना आ गया। गुहा-द्वार पर लुढ़काई चट्टान के पास दोनों खूनी पंजे टेके, ऋषि-मुनियों की जटाजूट-सी अपनी सुनहरी अयाल पीताभ स्कन्धों पर बिखराए कुमाऊँ के क्रूर नरभक्षी ने दूसरी गर्जना की।

"नित्य आकर ऐसे ही बैठ जाता है हरामी, कि कब मौका लगे और कब मुझे टप-से उठाकर मुँह में धर ले। एक-एक पंजा देखा? कितना चौड़ा है—तुमसे भी चौड़ा।"

बड़े लाड़ से हीरावती श्रीधर की हथेली पकड़ने को झुकी, तो वह झिड़ककर दूर हट गया, "छोड़ो, मुझे जाना है।"

"कहाँ?" हीरावती धृष्टता से मुस्कराने लगी, "बाहर पंजा टेके तुम्हारा दादाजी बैठा है और इस छोटी खिड़की से तुम्हारे पहाड़ी 'जतिया' के-से कंधे छिटक नहीं पाएँगे। बैठो, मैं आग जलाती हूँ, चाय पीकर सुस्ता लो। फिर जाना, मैं क्या तुम्हें बाँधकर रखूँगी?"

हारकर श्रीधर बैठ गया। बाहर शायद बर्फ गिरने लगी थी। एक अद्‌भुत शान्ति और सन्नाटे से घिरे, गिरि-शिखर स्तब्ध खड़े थे। चट्टान के बाहर अडिग भव्यता से विराजे, वन-केसरी कभी अधैर्य से गरजते, कभी-कभी धुनिये की भाँति अपने धनुष के-से कन्धे हिलाकर बर्फ की रुई-सी धुनकर फैला देते हैं।

हीरावती ने मशाल-सी जलनेवाली लकड़ी (छिलुक) को जलाकर चूल्हे के पास गाड़ दिया था। उसी तीव्र शिखा से आलोकित गुहा की चित्र-प्रदर्शनी देखकर श्रीधर स्तब्ध रह गया। क्या यह कोढ़ी साहब की एक ही दिव्य तूलिका का चमत्कार था? कहीं काँगड़ा-गढ़वाल शैली की कृष्णवधू, वर्षा-मुखरित रात्रि के अभेद्य अन्धकार की कुंडलियाँ कुचलती, अभिसार के पथ पर चली जा रही थी, कहीं एड़ियाँ टिकाए प्रियतम की प्रतीक्षा में द्वार पर खड़ी चौखट में मढ़ी सुप्रिया। कहीं गुजरात की सोलंकी मूर्तिकला को लज्जित करती, दोनों हाथों की चम्पक उँगलियों से नग्न वक्षस्थल ढाँपती अप्सरा और अजन्ता के भित्ति-चित्रों के गाम्भीर्य का जाल बुनती शैव द्वारपाल की अविकल प्रतिमूर्ति। खजुराहो और कोणार्क के शार्दूल, सुर-सुन्दरियाँ, शालभंजिकाएँ और अपूर्व सुन्दरी नाग-कन्याओं के जाल में भटकता, कला-पारखी मुग्ध श्रीधर पूरी गुहा की परिक्रमा करता, चट्टान के उसी द्वार पर पहुँच, हाथ में गर्म चाय का गिलास थामे खड़ी हीरावती से टकरा गया।

गर्म चाय ठंडे पैरों पर छलकी तो वह चौंका।

"लगता है, मेरे रनिवास महल ने लाल साहब को मोह लिया है! देखा न बगुला भगत साहब को? बड़ा पादरी बना फिरता था। पेट में ऐसी विद्या भरी न होती, तो अकेली गुफा में भला ऐसी-वैसी नंगी औरतों की फोटो उतारता? कहीं अपने ईसा की भी एक तस्वीर बनाई पादरी ने? लो, चाय पियो। देखूँ, चौकीदार गया या नहीं।" श्रीधर को गिलास थमा, उसने खिड़की से झाँका।

"गया हत्यारा। कितनी बर्फ गिर गई है। एकदम बदरी-केदारनाथ बन गया है। एक बार बर्फ गिरने पर यहाँ सात-आठ दिन तक नहीं गलती। चलो, अकेली से दुकेली भली।" वह चाय की चुसकियाँ लेती श्रीधर के पैरों के पास खिसक आई।

मूर्खा हीरावती! वह क्या सोचती है कि श्रीधर कभी बर्फीली पगडंडियों पर चला ही नहीं है? अभी देख लेगी, कि कैसे दोनों हाथ फैलाकर स्केट-सा करता, वह हवा के झोंके-सा निकल जाएगा। वह चट्टान हटाने को बढ़ा ही था कि बर्फीली हवा के एक तीव्र झोंके ने लकड़ी की मशाल को झपट्टा मारकर बुझा दिया। घने अन्धकार में डूबा, वह इधर-उधर हाथ-पैर मारने लगा। जिधर बढ़ता, उधर ही दो सुकोमल बाँहों का बन्धन उसे जकड़ लेता। एक ही हीरावती के क्या खिलखिलाते-हँसते कई संस्करण बन गए थे? या गुहाभित्ति की सुर-सुन्दरियों, अप्सराओं और उल्का-नायिकाओं को कोढ़ी साहब

के अदृश्य प्रेत ने जीवित कर धरा पर अवतरित कर दिया था! पर मीठा कंठ-स्वर तो एक ही कंठ का था, और उसे खूब पहचानता था श्रीधर। वह तो निश्चय ही इसी लोक की थी।

"मूर्ख मत बनो।" हीरावती कहने लगी, "कहाँ भाग रहे हो? ऐसी बर्फीली रात में तो चिड़ियाँ भी डालों पर अकड़ी मरी मिलती हैं। फिर तुम क्या सोचते हो कि मेरा चौकीदार चला गया होगा? तुम्हारी ही ताक में छिपा किसी खन्दक में बैठा होगा। ऐसी कंचन-सी देह उस हरामी के पेट में जाने दे, ऐसी मूर्ख नहीं है हीरावती।"

वह पालतू बिल्ली-सी उसके कन्धे से अपने सुकोमल कपोल घिसती और भी निकट खिसक आई। उसने कभी किसी भी स्त्री का स्पर्श तो दूर, उसकी छाया का भी स्पर्श नहीं किया था। वह इस घातक अनुभव से तिलमिला उठा। एक नरभक्षी बाहर था, तो दूसरी नरभक्षिणी भीतर। अचानक उसकी संयमित चेतना सुप्त अग्नि-सी जगकर फुफकार उठी।

"दूर हट, तूने मुझे समझा क्या है?" वह उत्तेजना, विवशता और क्रोध से बुरी तरह हाँफता, चट्टान उठाने को बढ़ा तो हीरावती दोनों हाथों को बाँधे, मार्ग अवरुद्ध कर खड़ी हो गई, "मैं भी देखती हूँ कि कौन माई का लाल हटा सकता है मुझे।"

जितनी बार श्रीधर उसकी दर्पपूर्ण चुनौती से जूझने को आगे बढ़ता, उतनी ही बार सतर्क खड़ी हीरावती की कांचन-सन्निभ देह की दुर्भेद्य प्राचीर उसे बिजली के सौ-सौ तारों से झनझना देती। पता नहीं कब तक दोनों रात्रि के सूचि-भेद्य अन्धकार में साँप-नेवले की भाँति आमने-सामने तने खड़े रहे। अन्त में जीत नेवले की ही हुई।

"आओ," पराजित योद्धा के दोनों हाथ पकड़कर हीरावती ने मृदुल कंठ से कहा, "तुमने क्या मुझे इतनी ओछी समझा है? हीरावती में लाख दुर्गुण हों, वह कभी झूठ नहीं बोलती। मेरे पास दो पुआल के गद्दे हैं। एक में तुम निश्चिन्त होकर सोते रहना। जो तुम्हें छुए, वह साली गोमांस खाए।" हीरावती ने न जाने किस ताक से पुआल का गद्दा उठाकर ज़मीन पर डाल दिया और उसे हाथ पकड़कर ऐसे ले चली, जैसे फूल-शय्या की ओर किसी सलज्ज बालिका नववधू को ले जा रही हो।

सचमुच ही झूठ नहीं बोलती थी हीरावती। दूसरे पुआल के गद्दे को खींचकर पटके जाने की शब्द-वेधी क्रिया से साँस रोककर लेटे श्रीधर ने

अनुमान लगाया कि शत्रु पक्ष ने अपने दूसरे गद्दे का खेमा गाड़ने में व्यवधान रखा था, और उसमें उसकी कोई कुटिल चाल नहीं थी।

थोड़ी ही देर में हीरावती निष्पाप शिशु की-सी निद्रा में डूब गई। पर श्रीधर व्याकुल करवटें बदलता रहा। अब सोनेवाली स्वयं ही मार्ग से दूर हट गई तो दूसरी चिन्ता निद्रा-अपहरण करने लगी। यह दूसरा पुआल का गद्दा क्यों रखती थी हीरावती? क्या निशाचर अतिथियों के रात्रि-यापन की व्यवस्था का प्रश्न प्रायः ही इस गुहा-निवासिनी के सम्मुख आता होगा?

पर उसका माथा क्यों दुख रहा है भला? ग्राम में हीरावती को कौन नहीं जानता? यह कौन-सी दूध की धुली सती सावित्री है?

इसी उधेड़बुन में न जाने कब उसकी आँख लग गई। सुबह उठा, तो हीरावती ने शायद खिड़की का पत्थर हटा दिया था। सूर्य का क्षणिक मुट्ठी-भर उजाला गुहा में फैलता गुहाभित्ति की अनूठी चित्रकला का नवीन रूप प्रस्तुत कर रहा था। वह मुग्ध दृष्टि से चित्र-प्रदर्शनी के वैविध्य को देख ही रहा था कि आँखें स्वयं ही हीरावती की ओर घूम गईं। उसे लगा कि झुककर आग फूँकती रूपवती हीरावती को वह आज पहली बार देख रहा है।

हीरावती को भी शायद उसकी मुग्ध दृष्टि गुदगुदा गई। मुस्कराकर उसने सिर उठाया तो झेंपकर श्रीधर ने सहमी दृष्टि ऐसे फेर ली, जैसे चोरी करते हुए रँगे हाथों पकड़ लिया गया हो।

''लो, गरम चाय पी लो,'' हीरावती ने उसे गिलास थमाया और अपना पुआल का एकमात्र गद्दा लपेटने लगी।

तो क्या अपने सब पहाड़ी थुल्ले-नम्दे उसे ओढ़ाकर वह रात-भर ठिठुरती रही?

''बहुत बर्फ गिर गई है। तीन-चार दिन तक सूरज नहीं निकलेगा।'' हीरावती ने खिड़की से झाँककर कहा।

सूर्यदेवता से भी क्या हीरावती की साँठ-गाँठ थी? चार दिन तक निरन्तर बर्फ गिरती रही। चट्टान को भी बर्फ की मोटी तहों ने जम-जमकर अदृश्य कर दिया। भीमकाय मिहिल, मदार और देवदारु के वृक्ष हिम-भार से दातौन-से तड़ाक-तड़ाक टूटने लगे। बचपन में पढ़ी भूगोल की पुस्तक में चित्रित, अपनी इगलू-सी हिमाच्छादित गुहा में श्रीधर बन्दी शेर की भाँति चक्कर लगाता रहता।

''लाख सिर पटको, जज साहब,'' हीरावती हँसकर कहती है, ''एक कदम

भी बाहर नहीं निकाल सकते।''

वैसे हीरावती ने अपने रूखे पाहुने की अभ्यर्थना में कोई त्रुटि नहीं रहने दी थी। न जाने किन अदृश्य आलों से वह छोटी-मोटी पोटलियाँ निकालती रहती। दाख, अखरोट, जर्दालू, भुने काजू, खोये के पेड़े, सोहन हलुवा, भाड़ में भुँजी पहाड़ी गेठी और धानी नमक। वह सुरदुर्लभ खाद्य-सामग्री उसकी मेज़बान ने रुद्राक्ष की माला जपकर नहीं जुटाई होगी, यह खूब समझता था श्रीधर। ऐसी हराम की कमाई को वह भला हाथ कैसे लगाता? दो दिन उसने काली चाय के अधसेरी गिलास गटककर काट दिए। सूखा-सा मुँह लटकाए हीरावती भी भूखी ही सो जाती। पर तीसरे दिन हीरावती ने सोए हुए शत्रु पर ही आक्रमण कर दिया। श्रीधर के उठने से पहले ही उसने न जाने किन-किन खुशबूदार पहाड़ी गंध्रैणी और जम्बू के ऐसे मसालों से सब्जी छौंक दी कि श्रीधर अपने सारे संस्कार और नाज़-नखरे भुला-बिसराकर रह गया। पहाड़ी घट के पिसे गेहूँ की सोंधी-सोंधी मक्खन-चुपड़ी रोटी पर सब्जी धरकर, हीरावती ने अतिथि के दोनों पैर पकड़ लिए, ''क्यों भूखे-प्यासे बैठे हो लाल साहब! मैं क्या डोमनी हूँ? फिर तुम तो गांधी बाबा के भक्त हो। वह तो मेहतरों के हाथ की भी छूत नहीं मानते।''

इस दलील ने श्रीधर को पराजित कर दिया। फिर तो पता नहीं एक के बाद एक वह कितनी रोटियाँ चट कर गया। शायद हीरावती के लिए कुछ बचा ही नहीं। खा-पीकर वह सोया, तो कुम्भकरणी नींद पूरी होने का नाम ही नहीं लेती थी।

गुहा के अन्धकार में रात्रि और दिवस के अन्तर का प्रश्न ही नहीं उठता था। पर उस दिन पता नहीं क्यों, हीरावती ने नित्य की मशाल भी नहीं जलाई थी। बर्फीली हवा के एक तीव्र झोंके से गहन निद्रामग्न श्रीधर अचानक हड़बड़ाकर उठ बैठा। हड्डियों को छेदनेवाली इस ठंडी हवा में ठिठुरती, हीरावती बिना कुछ ओढ़े पुआल के गद्दे पर बैठी होगी, यह ध्यान आते ही श्रीधर को अपने स्वार्थ पर स्वयं ही क्षोभ हो उठा।

''हीरावती, तुम्हारे पास क्या ओढ़ने को कुछ भी नहीं है?'' उसने पूछा।

जो व्यक्ति तीन दिन से बिना एक शब्द बोले, उसे आँखों-ही-आँखों में अपने विकट क्रोध की ज्वाला से निरन्तर भूँज रहा था, उसका हमदर्दी में डूबा बदला गिरगिटी रंग देखकर, हीरावती चौंकी। पर जैसे तप्त दहकती मरुभूमि में वर्षा की पहली बूँद पड़ते ही सूखकर विलीन हो जाती है, ऐसा ही श्रीधर

का सरस प्रश्न भी कंठ से निकलते ही सूखकर रह गया।

हीरावती ने कोई उत्तर नहीं दिया। पर अन्धकार में ठक-ठक काँपती मानिनी की व्यथा चार कंबलों से लदे सोनेवाले को छू गई। जिसकी रूपशिखा का स्वप्न कई दिनों तक उसकी नींद में डूबी पलकों को झुलसता रहा था, वही उसी अन्तहीन माघी विभावरी में उसकी जगी पलकों पर साकार होकर थिरकने लगा।

"हीरावती!" उसने थर्राए-भर्राए कंठ-स्वर से पुकारा। पुरुष-कंठ के इस भर्राए-थर्राए कंठ-स्वर के आह्वान को तो हीरावती खूब पहचानती थी। विमुग्ध, विस्फारित दृष्टि से अन्धकार को चीरती मुग्धा अभिसारिका ने एक क्षण का भी विलम्ब नहीं किया।

दूसरे दिन गुहा-वातायन की क्षीण कटि से पाँच दिन से रूठे सूर्य ने धरा पर गिरी बर्फ का प्रतिबिम्ब लेकर अपना दर्पण चमकाया और श्रीधर चौंककर जग गया। उसके कन्धे पर माथा धरे हीरावती ऐसी अन्तरंग धृष्टता से सो रही थी, जैसे वर्षों से उसी कन्धे पर सोती चली आ रही हो।

"भारद्वाज गोत्रोत्पन्न श्रीधर शर्मणस्य सकल ईप्सित कामना..." कुछ ही दिन पूर्व शिवालय में पार्थिव-पूजन के समय किया गया संकल्प श्रीधर को स्मरण हो आया। हड़बड़ाकर वह उठने लगा।

हीरावती जग गई। "क्या कर रहे हो? लेट जाओ न। ठंड लग रही है।" दोनों हाथों से उसे जकड़कर, उसने फिर अपने पार्श्व में सुला दिया।

पल-भर को निकला सूर्य फिर किसी मेघखंड में दुबक गया और तड़ातड़ ओलों के चाँटे मार-मारकर प्रकृति ने एक बार फिर श्रीधर के विवेक को दूर भगा दिया।

हीरावती अब उसे धागे में बँधी काठ की चरखी-सी घुमाती, किसी भी दिशा में उछालकर फिर अपनी ओर खींच सकती थी। वह अब संस्कारी, सुशिक्षित, भारद्वाज गोत्रोत्पन्न श्रीधर शर्मा नहीं था, वह तो अब सदियों के मलबे से निकला आदिकाल का गुहा-मानव था, जिसका न कोई गोत्र ही था, न कोई संस्कार। वह डाँसी पत्थरों को रगड़कर आग जलाना सीख गया था, जंगली सुखाए-भुंजे मांस को चिचोड़-चिचोड़कर खाने की क्रिया में वह अपनी गुहा-प्रेयसी के हाथ से अधिक चर्बीली बोटी को लपककर छीन, अपने असभ्य जंगली ठहाके से गुहा की दीवार गुँजा देता। कभी उसे बाँहों में भींच ऐसे रख देता था, जैसे कीमा ही बना देगा। इस युग का पहला बीटनिक शायद वही

था। और हीरावती? उसी को मॉडल बनाकर क्या पादड़ी साहब ने गुहा-भित्तियाँ अलंकृत की थीं? बंकिम कटाक्ष; मन्दोदरी की लचक, सुडौल अंग का उभार यदि इंच-टेप से भी नापे जाते तो दीवार पर अंकित अपूर्व सुन्दरियों की काठी में ठीक बैठती।

''हीरावती!'' एक दिन जान-बूझकर भी, वह एक मूर्खतापूर्ण प्रश्न कर बैठा। वह तो जानता था कि हीरावती कभी झूठ नहीं बोलती, ''गाँववाले जो तेरे लिए कहते हैं, वह क्या सच है, हीरावती?''

हीरावती का चेहरा फक पड़ गया। इतने आमोद-प्रमोद के उत्सव के बीच जैसे उसे किसी ने झोंटा पकड़कर ज़मीन पर घसीट लिया हो।

वह एक शब्द नहीं बोली। रक्तहीन कपोलों पर टपकते आँसुओं ने ही श्रीधर के प्रश्न का उत्तर दे दिया।

बात सच न होती तो क्या मुखरा हीरावती चुप बैठी आँसू बहाती?

एक लम्बी साँस खींचकर वह उस दिन बिना खाए ही उठ गया। छिः-छिः, कैसी नीच औरत थी हीरावती! बर्फ न गिरी होती और मौसम साफ होता तो शायद वह गुफा में ही हीरावती के एक-दो प्रेमियों से टकरा जाता।

उस दिन भी हीरावती न जाने कब तक चूल्हे के पास भूखी बैठी काँपती रही। कभी खाँसता, कभी उसाँसें भरता, कभी अकारण ही कराहता श्रीधर करवटें बदलता रहा। पर अन्त में भूखा भिक्षु विवाह-भोज के छप्पन व्यंजनों की जूठन देख, एक बार फिर अपना विवेक, संस्कार, निष्ठा—सब भूल-भालकर, जूठी पत्तलों की ओर बढ़ गया।

''हीरावती!'' उसके थर्राए-भर्राए कंठ-स्वर ने पुकारा।

और फिर हीरावती भला क्यों चूकती?

छठे दिन कड़ी धूप ने बर्फ पिघलाकर बहा दी थी। हीरावती टूटे वृक्षों की टहनियाँ बटोरने चली गई थी। खिड़की पर श्रीधर खड़ा हुआ ही था कि सुदूर घाटी से गूँजते शिवालय के घंटे की ध्वनि सुन, उसका रोम-रोम सिहर उठा। ''पूर्वकृत पापों ने बहुत दंड दे दिया है, प्रभु।''

उसने अदृश्य शिवलिंग की ओर हाथ जोड़े, ''मुझे क्षमा करो, और शक्ति दो।'' कहता, वह बिना गुहा की ओर दृष्टिपात किए, तीर-सा निकल गया।

फिर उसने अपने ग्राम की देहरी आज तक नहीं लाँघी। शनि की दशा की भाँति उसके जीवन में आ गई हीरावती की क्रूर दृष्टि को उसने कवच-कीलकों से प्रभावहीन कर दिया। एक लम्बे अरसे तक वह देशप्रेम का अनोखा

दुःसाहसी दीवाना बना फिरता रहा। न उसे ललमुँहे गोरों का भय था, न पुलिस की लाठी का।

एक बार हीरावती का समाचार उसे जेल ही में मिला था। उसी का परिचित एक साथी उसे जेल में मिलने आया था। "अपने गाँव की हीरावती भी तो इसी जेल में थी। आज ही बरेली ले गए हैं उसे।"

हीरावती! सहसा अल्मोड़ा जेल की काली चारदीवारी पर असंख्य सुर-सुन्दरियाँ और नाग-कन्याएँ अंकित हो गईं। 'हीरावती! वह क्या करने आई है यहाँ?' और फिर तो उसके जघन्य अपराध की विस्तृत वर्णना सुनकर श्रीधर स्तब्ध रह गया।

अलकनन्दा में अपने नवजात शिशु पुत्र की मूड़ी डुबोए, हीरावती को ग्राम के डाकिए ने देखा और जब तक वह भागकर पटवारी को बुलाकर लाया, नन्ही लाश को तीव्र लहरें अदृश्य कर चुकी थीं।

"ऐसी बेहया नंगी औरत है," उसका साथी कह रहा था, "हमारे गाँव की इज्जत मिट्टी में मिला दी। हाकिम ने पूछा, 'हीरावती देवी, क्या यह सच है कि तुम अपने बच्चे की मूड़ी नदी में डुबोए बैठी थीं।'

"सिर झुकाए, वैसे ही मुस्कराती रही हरामी, जैसे तुम्हारी अदालत में मुस्कराती रही थी।

" 'किसका था?' हाकिम ने पूछा तो बोली, 'सरकार, आप तो दिन-रात पहाड़ों का दौरा करते हैं। कई झरनों का पानी पीते होंगे। कभी आपको जुकाम भी हो जाता होगा। क्या आप बता सकते हैं कि किस झरने के पानी से आपको जुकाम हुआ है?'

" कटकर रह गए हम लोग, अब भुगत रही है, हत्यारिन!"

आज इतने वर्षों पश्चात् उसी हत्यारिन की स्मृति श्रीधर को विह्वल कर रही थी। क्या अब भी वहीं रह रही होगी? क्या सचमुच ही उन सुकुमार हाथों ने अलकनन्दा की तीव्र हिमशीतल लहरों में किसी नन्ही-सी देह को निर्ममता से बहा दिया होगा?

श्रीधर ने हाथ की घड़ी देखी। भाषण की एक भी आवृत्ति पूरी नहीं कर पाया था। न जाने किन-किन चिताओं के गड़े मुर्दे उखाड़ने में स्वयं ही सिर-दर्द मोल ले लिया। चिन्ताएँ भी क्या एकाध थीं? रुग्णा पत्नी का चिड़चिड़ा, विलासी स्वभाव उसे बुरी तरह उबा देता और वह वनबिलाव-सा अनावश्यक दौरों में जंगलों की खाक छानता फिरता। चारों पुत्रियों का विवाह कर चुका

था, पर चारों जामाताओं की ठगी प्रथा को विलियम बैंटिक की ही भाँति जड़ से उखाड़ने के प्रयत्न में वह घर-भर से बैर मोल ले चुका था। उधर इकलौते पुत्र ने लड़कियों के-से बाल बढ़ा लिए थे और पुरखों की कुल-कीर्ति पर झाड़ू फेरकर रख दी थी। विद्यार्थियों की हड़ताल हुई तो काला झंडा लिए, उसके कुल-दीपक ने ही स्वयं पिता का पुतला जला, विद्यार्थी समाज में अपना विशिष्ट स्थान बना लिया था। जहाँ नेता का पद प्राप्त करने में पिता को सर्वस्व त्यागना पड़ा था, वहाँ पुत्र ने तीन ही दिन में सात बसें जला, असंख्य सरकारी इमारतों के बेंच तोड़, एक रेलगाड़ी उलट, नेता का सर्वोच्च पद अनायास ही प्राप्त कर लिया था। उसी अशान्ति से बचने श्रीधर, सिर मुँडाकर घर से भागा, तो ओले पड़ने लगे। अपनी जन्मभूमि के सूखा-ग्रस्त इलाके का हवाई दौरा करने निकला, और उस विस्मृत घाटी में खंखाड़-से ताजमहल के गुम्बद ने दबे नासूर को फिर उभार दिया।

"सॉरी, सर!" पी.ए. ने खिसियाए विवश स्वर में कहा, "आपसे मिलने एक पगली-सी औरत आई है। कहती है कि आप ही के गाँव की है। बस दर्शन करके चली जाएगी। मानती ही नहीं।"

पी.ए. अपना वाक्य पूरा भी नहीं कर पाया था कि पगली-सी औरत सिर पर मैली पोटली में गुड़ की भेली बाँधे सजे कक्ष के रेशमी पर्दे के पास फटे पैबन्द-सी चिपक गई।

'यह कैसे आ गई यहाँ? क्या मेरी इच्छाशक्ति इसे खींच लाई?' मन-ही-मन श्रीधर सोचने लगा। पर विरोधी पक्ष की दुधारी तलवारों से दिन-रात जूझनेवाला सेनानी चौकन्ना हो गया। उसका पी.ए. एक नम्बर का घाघ था। कहीं हीरावती के कलुषित अतीत का आंशिक विवरण भी सुन लिया होगा तो प्रेस रिपोर्टर की सतर्कता से मन की कलम सँभाल ली होगी पट्ठे ने। और दिन-रात अपने कई सहकर्मियों की चरित्रहत्या को क्या स्वयं दिन-दहाड़े नहीं देख चुका है?

"आओ, आओ, बहन हीरावती," उसने हँसकर कहा।

हीरावती चौंकी। अब तक वह मुग्ध दृष्टि से श्रीधर के विलासी कक्ष के भित्ति-चित्रों को ठीक वैसे ही देख रही थी जैसे पच्चीस वर्ष पूर्व श्रीधर ने उसकी गुहा-भित्ति को देखा था।

"बैठो, हीरावती!" क्लान्त स्वर में अब प्रणयी का घर्राया आह्वान नहीं था। यह तो एक थका-माँदा पथिक दूसरे पथिक को दो घड़ी साथ बैठकर

सुस्ताने का स्नेहपूर्ण निमन्त्रण दे रहा था। पर सकुची-सिमटी-सी हीरावती मखमली सोफे पर नहीं बैठी। वह सिर की पोटली बिना उतारे ही, श्रीधर के चरणों के पास ऐसे बैठ गई, जैसे गली के शरारती छोकरों के ढेले-पत्थरों से नित्य मारकर भगाई गई कुतिया को बहुत दिनों से बिछुड़े मालिक ने पुचकारकर बुला लिया हो, और वह डरती हुई, बड़े अविश्वास से आगे बढ़ रही हो।

"हीरावती, तुम चुप क्यों हो?" श्रीधर का गला भर्रा गया।

इतने वर्षों बाद भी इस अलौकिक नारी की उपस्थिति उसे झूमते, सम्मोहित नाग-सा झुमा रही थी।

कितना झटक गई थी हीरावती। फिर भी छरहरे बालों में चाँदी चमकने लगी थी। होंठों की मधुर लालिमा नीली पड़ गई थी। निमग्न नयनों की काली भँवर पुतलियों ने कितनी पीड़ा सही थी, उसका लेखा-जोखा लिखने में अनाड़ी विधाता ने स्याही आँखों के ही नीचे फैलाकर रख दी थी। फटी वास्कट पर झूलती असंख्य मालाओं के बचे-खुचे दो-तीन मोती, उसके विगत यौवन के बिखरे मोतियों की ही भाँति एक मैले-से काले पड़े डोरे में बँधे लटक रहे थे।

"कहाँ रहती हो अब?" श्रीधर ने दूसरा प्रश्न पूछा।

"वहीं साहब के ओडयार में।"

गला भी न जाने कैसा भारी-भारी हो गया था हीरावती का। जिसे विदेशी 'व्हिस्की वायस' कहते हैं, ऐसी ही बैठी आवाज़, क्या पीने भी लगी होगी अभागी?

"तुमने ऐसा क्यों किया हीरावती?" प्रश्न के कंठ से छूटते ही, श्रीधर को पसीना छूटने लगा। क्यों कर बैठा ऐसी मूर्खता? क्या वह नहीं जानता था कि हीरावती कभी झूठ नहीं बोलती?

"जनमते ही उसने आँखें खोलीं।" हीरावती ने मैली ओढ़नी से आँखें पोंछीं। "मैंने पहचान लिया। अदालत में मैं पहली बार झूठी बनी। तुम्हारी ही कंजी आँखें थीं। वही नाक। वैसे ही टेढ़े होंठ कर मुस्कराया भी था दुसमनिया। सोचा कि मैं तो बदनाम हूँ ही, तुम्हें कीचड़ में क्यों घसीटूँ? सारा गाँव तुम्हें पूजता था। बड़ा होता, सब पहचान लेते कि किसका बेटा है।"

श्रीधर पत्थर की मूरत बना बैठा रहा।

"चलूँ, लाल साहब। मोटर का टैम हो गया है। बाहर के साहब से कह आई थी कि बस दरसन करके चली जाऊँगी।"

और दर्शन करके ही चली गई हीरावती। वह क्या कभी झूठ बोलती थी?

न एक शब्द उपालम्भ का, न लांछन का, न याचना का, न अधिकार का।

सिर पर मैली ओढ़नी से बँधी गुड़ की भेली धरे, वह चली गई।

किसने कहा है, इमर्सन ने या किसी और ने कि संसार की अदालत अभियुक्त को भले ही क्षमादान देकर मुक्त कर दे, स्वयं उसके अन्तःकरण की अदालत कभी क्षमा नहीं करती।

आज इसी अदालत में बेड़ियों से जकड़ा वर्षों का फरार अपराधी सिर झुकाए खड़ा था।

अचानक वह उठा। सिर की टोपी उतारकर दूर पटक दी। एक ग्रामीण की भेंट की गई मोटे ऊन की खुरदरी पंखी निकाल, उसने ओढ़नी की भाँति लपेट ली। अब कोई नहीं पहचान पाएगा उसे। पिछवाड़े की खिड़की से कूदकर वह सड़क पर निकल आया। इधर-उधर देखता, वह मन्दिर की ठंडी सड़क पर पहुँच गया। ताल की कगार स्पर्श करती ढलने को तत्पर, ऊँचे-ऊँचे विलो वृक्षों की लम्बी कतार। सूनी सड़क पर ठंड से ठिठुरते एक-आध कुली। और पंखों में लिपटा किसी ग्रामीण-सा गँवारू बना स्वयं श्रीधर। बीच-बीच में ताल की हिम-शीतल हवा कानों में थप्पड़-से मार जाती और वह कछुए की तरह गर्दन सिकोड़ लेता। मन्दिर की सीढ़ियाँ चढ़कर वह सुस्ताने लगा।

निभृत मन्दिर के सम्मुख लगी छोटी-बड़ी घंटियों की कतार को छूते ही जलतरंग की मधुर खनक से देवालय गूँज उठा। वह मीठी खनकती घंटियाँ श्रीधर को अतीत की विस्मृत घाटी में अँगुली पकड़कर खींच ले गईं।

इसी गुहास्थित पाषाण देवी की स्निग्ध सिन्दूरी मूर्ति के सम्मुख नतमस्तक हो, उसने कितना कुछ माँगा है। पुत्रियों के लिए वर, कर्कश पत्नी से मुक्ति, कुपुत्र को सन्मति, चुनाव की जीत। पर न तो मोक्ष की आकांक्षा है, न वैभव की। पंखी में लिपटा, दीन-दरिद्र याचक आँखें मूँदे मूर्तिवत् खड़ा रहा। क्षण-भर को उसे लगा कि शरीर से उपस्थित न होने पर भी काला फटा लहँगा फटफटाती, सिर पर मैली पोटली में गुड़ की भेली धरे, डरी-सहमी उसकी आदर्शिनी गुहा-प्रेयसी उसके पास सटकर बैठी, करुण स्वर में गा रही है :

"कइया नी कइया, करिया नी करिया
करिए छिमा, छिमा मेरे परभू।"

जिलाधीश

जिलाधीश ने अपनी नाजुक कलाई की कोकाकोला रंग की चूड़ियों को देखा, फिर बाईं कलाई पर बँधी मर्दानी घड़ी को। बुद्धिप्रदीप्त आँखों पर धूप का फँन्टम चश्मा था, किन्तु सुचिक्कन ललाट पर थी तिलकाकार बिन्दी। उसकी सर्वथा नवीन 'स्किनहेड' सज्जा से चेहरा किसी उद्दंड किशोर का-सा ही लगने लगा था। कैसा अर्धनारीश्वर का-सा चोला रँग लिया था उसने। पहली बार 'श्री जिलाधीश महोदय' के नाम से सम्बोधित पत्र को पढ़कर वह भन्ना गई थी। बड़े रोबीले स्वर में उसने स्टेनो से पूछा था, "क्या जिलाधीश का कोई स्त्रीलिंग है ही नहीं?"

प्रश्न पूछते ही छोकरे स्टेनो का सकपकाना और यत्न से दबाई जा रही हँसी को देखकर, उसे सहसा अपने प्रश्न की मूर्खता का भास हो गया था और बड़े चातुर्य से उसने प्रसंग बदल दिया। उसी दिन से, बिना तर्क-वितर्क के, उसने वह कर्णकटु संबोधन ग्रहण कर लिया था। वैसे यह पद, उसे कड़े संघर्ष के पश्चात् ही मिला था। जब वह इस परीक्षा में उत्तीर्ण हुई तो स्वयं उसे लगा था, जैसे वह अपनी बिरादरी से बहुत दूर छिटक गई है। उन दिनों विवाह-निमन्त्रणों या उत्सवों में जाना उसने एक प्रकार से छोड़ ही दिया था।

"एम.ए. कर लिया है ना तुम्हारी बिटिया ने, अब क्या कर रही है? क्या कहीं बात-वात पक्की हुई?"

नारी समाज की यही मीठी सहानुभूति उसे कड़वी लगने लगती। उसके रिश्ते की बात कहीं पक्की हुई हो या नहीं, उनके सिर में भला क्यों दर्द हो रहा था! वह बुरी तरह बौखला जाती। यही रिश्तेवाली बात तो उसकी दुखती रग थी। कौन-सा घर-वर ऐसा बचा था, जहाँ रिश्ते की बात नहीं चली? किन्तु किसी लड़के को उसका निम्न मध्यवर्गीय परिवार नहीं रुचता, तो कोई उसकी

असाधारण प्रतिभा से सहम जाता। आज उसके लिए एक से एक समृद्ध गृहों से प्रस्ताव आने लगे थे, पर अब वह पाँच वर्ष पूर्व की सुमन नहीं थी। वह तो जैसे माँ के गर्भ से ही राजदंड लेकर जन्मी थी। सचमुच ही असाधारण थी वह लड़की। सचिवालय का वेदाध्ययन कर, अब वह जिस जिले की बागडोर सँभालने पहुँची थी, वह कुख्यात जिला एक नहीं, अनेक जिलाधीशों का सिरदर्द रह चुका था। दिन-दहाड़े निरीह राहगीरों को छुरा भौंकना, साइकिल सवारों की साइकिल-घड़ी लूटना, किसी किशोरी का अपहरण तो वहाँ के निवासियों के लिए दाल-भात था। अभी-अभी एक ऐसी ही अशोभनीय घटना ने उस मर्दानी जिलाधीश के वर्षों पूर्व लाल पड़ना भूल गए कपोलों को फिर से लाल कर दिया था। जिले के एक प्रसिद्ध आढ़ती का जवान बेटा दुकान बन्द कर दिन डूबे घर लौट रहा था। जिले के उसी कुख्यात गिरोह ने उसके नाड़े में बँधे बटुए को कस्टम के चतुर व्यापारियों के-से तृतीय नेत्र से देख लिया।

"मेरे बाप को भी पता नहीं था सरकार, कि तिजोरी खाली कर नाड़े के नेफे में घर ले जाता हूँ।" दोनों हाथों से नाड़ेहीन शिथिल पाज़ामे को समेटता वह मूर्ख उसके सम्मुख खड़ा होकर, लड़कियों की भाँति, हिचकियाँ ले-लेकर रोने लगा, और बेचारी सुमन अप्रस्तुत होकर बगलें झाँकने लगी थी।

वह अकेली भी होती तो शायद परिस्थिति ऐसी हास्यास्पद नहीं लगती। किन्तु उस दिन वह बरामदे में ही संयोजित एक महत्त्वपूर्ण गोष्ठी में उलझी थी। जिले की बढ़ती अनुशासनहीनता पर ही विचार-विमर्श चल रहा था। गोष्ठी में उस दिन सबसे अधिक बिदकनेवाला घोड़ा भी उपस्थित था। उसकी उपस्थिति में, उस आकस्मिक वज्रपात के लिए सुमन प्रस्तुत नहीं थी। सहृदया हाकिम को अपनी दुर्दशा का दुखड़ा सुनाकर छोटा सेठ चला गया, किन्तु गोष्ठी का वातावरण बोझिल हो उठा। जिले-भर में भला कौन नहीं जानता था कि गिरोह का मुखिया कौन है और वही मुखिया तो उस गोष्ठी में निडर बैठा दहाड़ रहा था। न उसे शासन का भय था, न ईश्वर का। क्या उसकी महत्त्वाकांक्षा ही किसी विकृत कुंठा का रूप ले चुकी थी? चेहरा कैसा बाँका था, किन्तु आचरण? ढालू ललाट पर चन्द्रबिन्दु-सा घाव का निशान उसके चिबुक पर पड़ते गढ़े से मेल खाता था। पतली मूँछों को वह निश्चय ही बड़े यत्न से सँवारा करता होगा। ज़मींदार पिता ने अपने इस पुत्र को बड़े यत्न से पढ़ाया था। विलास के वातावरण से उसे यथासम्भव दूर रखने की भी चेष्टा की थी, किन्तु स्वभाव से ही रसिक पुत्र को वे साध नहीं पाए। आज वह

विरोधी दल का एक ऐसा निर्लज्ज नेता था, जो किसी भी महानेता को थरथर कँपा सकता था।

एक बार एक प्रतिष्ठित प्रसिद्ध समाज-सेविका का चीर उसने उसी के अभिनन्दन समारोह में दुःशासन बनकर खींच लिया, तो सुमन भी सहम गई थी। बात तथ्यहीन नहीं कही थी रणधीरसिंह ने, उजली रेशमी साड़ी और चन्दन के धवल तिलक की भव्यता क्या समाज-सेविका के कलुष को छिपा सकती थी? विदेशी दूध के डिब्बे लुके-छिपे ग्वालों को बेचकर कैसे उन्होंने मकान खड़ा कर लिया है, चरस के निर्यात में कैसे उनका पुत्र निरन्तर योगदान देता रहा है, सबकुछ उगलकर मिनटों में उत्सव पर झाड़ू फेर गया था वह। जिले के प्रभुजातीय अफसरों की परमगोपनीय फाइलें वह बगल में दाबे फिरता था। एक सुमन ने ही उसे कभी कन्धे पर हाथ नहीं धरने दिया। उस लड़की का गाम्भीर्य, तटस्थता और असाधारण प्रतिभा देखकर रणधीरसिंह दंग रह गया था। न वह कहीं जाती थी, न किसी से उसकी मैत्री का क्षीण आभास ही वह पा सका था। यह सचमुच ही बड़े आश्चर्य की बात थी कि ऐसी आकर्षक लड़की का कोई पुरुष मित्र था ही नहीं। मीटिंग होती तो वह अपने मातहतों के बीच ऐसे तनकर कुर्सी पर बैठी रहती, जैसे कैबिनेट के मन्त्री-गणों से घिरी गरिमामयी प्रधानमन्त्री हो। कभी भी उसे लजाते, सकुचाते या झेंपते उसने नहीं देखा था। ऐसे गहरे आत्म-विश्वास की आज ऐसी पराजय देखकर रणधीरसिंह मन-ही-मन प्रसन्न हो उठा था। "अब देख लिया ना आपने?" वह कहने लगा, "आज महीना-भर भी नहीं हुआ, भीखू कोली की जवान बिटिया की इज़्ज़त ही नहीं उतारी, लाश को कुएँ में डाल गए बदमाश, फिर चलती ट्रेन में गवाही देने जा रहे चन्द्रप्रकाश को गोली मार दी। क्या कर लिया आपने? आपके नपुंसक शासन की यही निर्वीर्यता तो अपराधी को उकसाती है। आप लोगों की यही शिथिल ब्यूरोक्रैसी तो आज देश की दुखती दाढ़ है। आवश्यकता है किसी ऐसे कठोर व्यक्ति की, जो इसे झटके से उखाड़कर फेंक दे। क्षमा करें मिस श्रीवास्तव, पर जब तक आप लोग कर्तव्यों की उपेक्षा कर, अधिकारों के पीछे भागते फिरेंगे, अनुशासनहीनता का अन्त नहीं हो सकता। एक चतुर विदेशी उद्योगपति हैजर्ड आप लोगों को खुली पुस्तक-सा ही बाँच गया। जानती हैं, उसने क्या लिखा है?" वह फिर बड़ी ही अशिष्टता से सिगरेट फूँकता सुमन की ओर झुककर कहने लगा, "वह लिखता है कि लॉर्ड कर्जन के शासनकाल से आज तक की सरकारी फाइलों को देखकर मैं आश्चर्यचकित

रह गया हूँ। तब और अब की शासकीय भाषा, मूल विषय की पकड़ एवं शासन की गतिविधि में एक आकर्षक साम्य है। इतनी बड़ी चोट कर गया फिरंगी, पर हम नहीं बदले। अब आप ही बताइए मिस श्रीवास्तव, ऐसी गोष्ठियाँ, सेमिनार क्या केवल खिलवाड़-मात्र नहीं बन गई हैं? एक-एक बिस्कुट कुतर, घूँट-भर कॉफी घुटक हम कद्दू में कौन-सा तीर मार देते हैं? मुझे आज्ञा दें, आज ज़रा बाहर जा रहा हूँ।" कोई कुछ कहता, इससे पूर्व ही अपना ऊँचा धड़ और ऊँचा तानता वह सर्र से निकल गया था, पर वह अपना उतरा चेहरा झुकाए चुपचाप बैठी रही।

"बड़ा उजड्ड है साहब यह।" अयोध्याप्रसादजी ने ही चुप्पी तोड़कर कहा, "किसी महिला के सम्मुख कैसे बोलना चाहिए, यह भी नहीं सीख सका। हम सबकी ओर से उस छोकरे को बकवास के लिए क्षमा करें मिस श्रीवास्तव।"

"क्षमा कैसी?" उन्हें विदा देती सुमन बड़ी स्वाभाविकता से मुस्करा उठी थी, "उसे भला कौन नहीं जानता?" ठीक ही तो कह रही थी वह। किन्तु विरोधी दल के उस बिना ताज़ के बादशाह को न्यौते बिना भी तो किसी सरकारी पंगत की कुशल नहीं थी। वह क्या इतना नगण्य था कि उसे वह न बुलाती? कौन-सा विधेयक संसद के समक्ष विचाराधीन है, एसेम्बली में पूछे गए किस नंगे प्रश्न की आतिशबाज़ी विरोधी को झुलसा सकती है, वह सब जानता था। फिर वह दल बदलने में शायद अपनी कमीज़ बदलने से भी कम समय लेता था, इसी से उसका मूल्य इधर अचानक बढ़ गया था। अपने ज़मींदार प्रासाद में वह एकदम अकेला रहता था। पास ही उसका विराट् फार्म था और कुछ लोगों का तो कहना था कि उसका वही फार्म जिले के दस्युदल का भिंड-मुरैना है। एक बार उसने जिले के उच्च अधिकारियों को सहभोज पर निमन्त्रित किया, तो सुमन उसके प्रासाद का वैभव देखकर चकरा गई थी। किसी रियासती महल-सा ही दरबार हॉल अपने आदमकद आईनों में अतिथियों को उनके शत-शत प्रतिबिम्ब दिखाकर सहमा गया। बहुत ऊँची दीवारों पर टँगी ज़मींदार वंश के पुरखों की सुनहले चौखटों में मढ़ी तसवीरें, बीच-बीच में लगे क्रूर आदमखोरों की तीखी तनी सुनहली मूँछें, बारहसिंगों के दर्जनों मुंड और उन सबके बीच जड़ा एक विराट् अरना भैंसे का महिषासुर-सा मुख! सुमन उन्हें बार-बार देखती जा रही थी कि वह हँस-हँसकर उसे एक-एक का इतिहास बतलाने लगा था, "यह मैंने फलाँ जंगल में मारा था, और यह फलाँ जंगल में। असल में शिकार ही मेरी एकमात्र हॉबी है। कभी चलिए ना आप?"

सुमन ने हँसकर बात टाल दी थी। शिकार को, और वह भी उसके साथ! उस भोज के पश्चात उस उद्दंड युवक ने दो-तीन बार और भी सुमन की ओर मैत्री का हाथ बढ़ाया था, किन्तु पाँच वर्ष की नौकरी ने सुमन को बहुत कुछ सिखा दिया था। बचपन में पढ़ी 'कम इन टू माय पार्लर' कविता का अर्थ वह अब समझती थी, किन्तु इतने दिनों की तटस्थता से बना उसका गाम्भीर्य दुर्ग आज सहसा ढेर हो गया था। निश्चय ही आज गोष्ठी के सदस्य अपनी-अपनी पत्नियों से हँस-हँसकर बतला रहे होंगे कि बिना नाड़े का पाज़ामा हाथ में समेटे कैसे वह सेठ सुमन के बंगले में चला आया था। क्या वह मूर्ख आने से पहले, कहीं से एक नाड़ा नहीं जुटा पाया था? और भला पुलिस स्टेशन न जाकर, वहाँ आया ही क्यों? अपमान की वेदना से स्याह पड़ गए चेहरे को उसने दर्पण में देखा और स्वयं ही आँखें डबडबा आईं।

कभी-कभी उसे लगता था, जैसे इतने बड़े संसार में वह एकदम अकेली है। मौसी की सीख, उसे ऐसे ही क्षणों में रुला जाती। आत्मीयों में अब एक वही तो रह गई थीं। पिछली बार आईं, तो कितनी गिड़गिड़ाई थीं, "सुमन, इस बार तेरे लिए हीरा लड़का ढूँढ़कर लाई हूँ। है दुहेजू, पर लाखों का बिज़नेस करता है। आरा के समृद्ध कायस्थ परिवार का इकलौता बेटा है।"

"क्या कहती हो मौसी, अब? बूढ़े तोते को राम-राम पढ़वाओगी क्या? जानती हो, मैं कितने साल की हूँ?"

"कौन कहता है, तू बूढ़ी है? कोई उन्नीस से ज़्यादा की बता दे तुझे तो अपनी नाक कटा लूँ?"

"अरे मौसी, मेरी कलक्टरी?" वह हँसती-हँसती जान-बूझकर उन्हें छेड़ने लगी थी।

"अरी भाड़ में जाए तेरी कलक्टरी! हम औरतों की ज़िन्दगी एक रेलगाड़ी है बिटिया! समय रहते ही जिसने रिजर्वेशन करवा लिया, वह तो आराम से पैर फैलाए यात्रा कर लेगी, और जो तुझ जैसी धींगड़ी ठीक गाड़ी छूटने पर पहुँची, उसे स्टेशन छोड़ती गाड़ी के किसी भी डिब्बे में घुसपैठ करनी होगी। सेकंड, थर्ड का जो भी डिब्बा हाथ लगे, हो सकता है, बैठने की भी जगह न मिले। खड़ी-खड़ी ही सफर कब तक करेगी सुमन?" मौसी ने बड़े लाड़ से उसकी पीठ पर हाथ फेरा था, "ऐ कैसी लड़की थी तू, छूने से भी मैली लगती थी। अब मुए मर्दों के साथ काम करते-करते क्या गत बना ली है अपनी! कुदरत से लड़ेगी तो मुँह की खाएगी, समझी?"

पर कहाँ समझी थी सुमन? केवल अपना व्यर्थ प्रतिशोध लेने ही तो उसने उन्हें ठुकरा दिया था, पर क्या बिगाड़ पाई उनका? पुरुष चाहे काना हो, लूला या लँगड़ा, अपने किसी क्षतिग्रस्त अंग के कारण कभी कुँआरा रह सकता है? उनमें से कौन आज तक कुँआरा बैठा होगा?

उस दिन सुमन, नित्य की भाँति, न घूमने ही गई, न चश्मा चढ़ाकर उसने नीरस फाइलों का ही अवलोकन किया। दूसरे दिन भी उसने छुट्टी ले ली। तीसरे दिन स्वयं उसे ही उसकी अकर्मण्यता उकसा गई। बहुत दिनों से एक तहसील का दौरा अधूरा पड़ा था, क्यों न उसे निबटा ले? कई बार उसे उस तहसील की कुव्यवस्था-सम्बन्धी गुमनाम पत्र आ चुके थे। नित्य वह सरकारी गाड़ी पर ही दौरे पर निकलती थी। साथ में रहती थी पूरी सरकारी कुमुक—स्टेनो, अर्दली और एक-आध मुसाहिब। उस तहसील का मार्ग बीहड़-दुर्गम होने पर भी सुमन को बेहद पसन्द था। आज वह अपनी गाड़ी लेकर अकेली ही जाएगी। अचानक पहुँचकर ही अकर्मण्य तहसीलदार को पुरुषोचित क्रोध से झकझोरना होगा। वह दौरे पर जा रही है, कल शाम तक लौटेगी, यह किसी और से न कहे, यह सब हिदायतें अपने नौकर को देकर वह चली तो प्रगल्भ सन्ध्या का अवसान भी नहीं हुआ था।

हलकी हवा से सुमन के कटे केश फहराने लगे और उसने गाड़ी रोककर स्कार्फ बाँध लिया। साड़ी वह बहुत कम पहनती थी। जीन्स या फिर बेलबॉटम। आज तंग काले जीन्स पर था गहरा नारंगी कुरता, कंठ में थी रुद्राक्ष की माला और चेहरे से भी बड़ा गोगो चश्मा। कौन कहेगा यह जिलाधीश्वरी है! लगता था, किसी व्यवसायी योगिराज की विदेशी चेली चली जा रही है। सुहावने मार्ग की अनोखी बेलबूटाकारी को वह आँखों ही आँखों में पीती चली जा रही थी, गंगा की लहरों का सामीप्य, दूसरी ओर फैले लहलहाते हरे खेत और खेत के कुँओं पर बारी-बारी से एक-दूसरे पर लुढ़कती जल की फुहारें, बरसाती रहट में बँधी मिट्टी की हाँडियाँ। निगोड़े रणधीरसिंह का फार्म भी तो कहीं इसी मार्ग में पड़ता था और इन्हीं कुँओं से किसी एक में मिली थी भीखू कोली की जवान बेटी की लाश! अचानक एक धक्के के साथ सुमन की गाड़ी रुक गई। बार-बार चलाए जाने पर भी गाड़ी अचल खड़ी रही तो वह नीचे उतरी। ऐसा तो पहले कभी नहीं हुआ था, एक-दो बार परिक्रमा कर उसने अनाड़ी हाथों से गाड़ी के अंजर-पंजर ठकठका लिए, किन्तु नाड़ी हाथ में नहीं आई।

दिन डूबने लगा था। एक ओर था तीव्र धारा में बहती गंगा का चौड़ा पाट और दूसरी ओर थी गहन वन की हृदय-भेदी निःसीम शून्यता। एक ही उपाय था, गाड़ी वहीं छोड़कर पैदल ही अब उसे किसी बस्ती का सन्धान करना होगा। जेब की रिवाल्वर को हाथ से छूकर वह आश्वस्त हो चलने को मुड़ी ही थी कि उस अरण्य में घुँघरू-से खनके। वह जंगली खरही-सी ही चौकन्नी होकर सुनने लगी। निश्चय ही उसके कान बज रहे थे। इस जंगल में भला घुँघरू कैसे बज सकते थे। उसने फिर कदम उठाया ही था कि घुँघरू का स्वर स्पष्ट हो उठा। एक धीमी-सी रोशनी टिमटिमाई और उसने देखा, घुँघरू छमछमाता एक इक्का चला आ रहा है। अधलेटा गाड़ीवान बड़ी अलमस्ती से गाता चला आ रहा था। सुमन अब तक अकेली खड़ी होकर भयभीत नहीं हुई थी। इस मस्त गाड़ीवान के उल्लसित कंठ-स्वर से काँप उठी। गाड़ीवान ने सिर और गर्दन को शायद किसी कपड़े से लपेट लिया था। यही नहीं, होंठों को भी सौराष्ट्र के बहारवटियों के अन्दाज़ से लपेट, वह और भी भयावह बन गया था। गाड़ी को देखते ही उसने लगाम खींचकर इक्का रोक दिया। पहले शायद वह सुमन को देख नहीं पाया, फिर पहचानते ही उसने चेहरे पर बँधा कपड़ा खोल दिया।

"अरे बाप, यहाँ इतनी रात को क्या कर रही हैं? ड्राइवर नहीं है क्या?"

उस निर्जन वन में रणधीरसिंह को देखकर सुमन उतनी आश्वस्त नहीं हुई, जितना एक परिचित चेहरे को देखकर होना चाहिए था।

"नहीं, सत्रह ही मील तो जाना था। सोचा था, घंटे-भर में ही जाकर लौट भी आऊँगी, पर पता नहीं गाड़ी को क्या हो गया..." सुमन फिर झुक-झुककर इंजन को ऐसे देखने लगी, जैसे कह रही हो—मैं ठीक कर लूँगी, आप अपना रास्ता नापें।

"सुनिए," रणधीरसिंह ने गाड़ी पर झुकी सुमन को अपने कड़े स्वर से चौंका दिया, "मेरी हवेली पास ही है, आप गाड़ी यहीं छोड़ दें और मेरे साथ घर चलें। वहाँ से मैं आपको अपनी गाड़ी में छोड़ आऊँगा। चलिए, अब यहाँ रुकना ठीक नहीं है; पर ऐसी बीहड़ बस्ती में आप अकेली चली कैसे आईं?"

सुमन ने बड़ी ही अनिच्छा से पर्स निकाला। गाड़ी को लॉक किया और सिर झुकाए उसके साथ चलने लगी। कुछ दूर जाकर न जाने क्या सोचकर उसका रहस्यमय साथी रुक गया।

"ओफ, कैसा मूर्ख हूँ मैं।" उसने हँसकर कहा, "आप ज़रा रुकें मिस

श्रीवास्तव, मैं इक्का ले आऊँ।''

एक अस्पष्ट संशय में उलझी सुमन खड़ी हो गई। अभी तो कह रहा था, ''मेरी हवेली पास ही है।'' फिर इक्का लाने की क्या सूझी? वह इक्का लेकर आया और उसके पास ही रुक गया।

''आइए, चढ़ पाएँगी क्या?'' हँसकर उसने पूछा। शायद सुमन के शरीर से ही लग रही जीन्स के कठोर बन्धन को देखते ही वह समझ गया कि वह चढ़ नहीं पाएगी।

''रुकिए,'' कह वह धम्म से नीचे कूदा और लपककर उसे गोद में उठाकर इक्के पर बिठा दिया, फिर स्वयं एक छलाँग लगाकर उसने लगाम थाम ली।

पल-भर को सुमन को लगा कि पंख लगाकर इक्का हवा में तैरता चला जा रहा है। कई बार तो उसने होंठ काटकर चीख रोक ली।

''मैंने बड़े शौक से बनवाया है यह इक्का, मिस श्रीवास्तव!'' अलमस्त चालक कहता जा रहा था, ''नित्य अपने हाथ से पालिश करता हूँ और घोड़ा कलकत्ते के रेस कोर्स से अनफिट हो गया था, ज़रा-सी चोट खा गया था। मैं इसी से अब अपने रेस कोर्स में दौड़ाता हूँ। क्यों बेटा पवन, है ना? वहाँ इसका नाम था 'ऐरो'। जीतने पर, एक-से-एक सुन्दरी मेम साहब लोग इसे गलबहियों से घेरकर तस्वीरें उतरवाती थीं। इसी से बहुत दिनों बाद एक सुन्दरी मेम साहब पाकर कैसा भरपेट भागा जा रहा है। आदत से लाचार है रसिया! देखिए ना, आपकी फिएट भी इसके सामने हार गई।''

पवन सचमुच ही पवन बना चला जा रहा था। कई बार ऊबड़खाबड़ सड़क के कंकड़ों पर फिसलता इक्का ऐसे झनझना उठता, लगता, अभी-अभी सवारी समेत औंधा होकर लुढ़क जाएगा। वह बार-बार चालक की पीठ पर विवशता से लुढ़क जाती और कन्धे पकड़ लेती।

''कसकर मेरी पीठ पकड़ लीजिए मिस श्रीवास्तव, ये पवन है बड़े नक्शेबाज़! जब तक चाबुक मार-मारकर तेज़ न भगाए जाएँ, काबू में नहीं आते।'' और वह तड़ातड़-तड़ातड़ चाबुक लपलपाता, इक्के की गति को और भी तीव्र कर देता। लगता था, उस भयावह यात्रा का कभी अन्त ही नहीं होगा। न कहीं एक बस्ती थी, न किसी दीये का प्रकाश। दो बजे रात को भला किस घर में दीया टिमटिमा सकता था! अचानक लगाम खींचकर चालक ने इक्का रोक दिया। सुमन भयत्रस्त दृष्टि से इधर-उधर देखने लगी। यह तो उससे भी गहन वन की गहराई में डूबने लगी थी। वह सोचती ही रही, उतरूँ

या बैठी रहूँ! मुस्कराकर रणधीरसिंह उसके पास आकर खड़ा हो गया, "क्यों, उतरेंगी नहीं क्या?" बिना उसके उत्तर की प्रतीक्षा किए ही उसने एक बार फिर उसे कागज के फूल-सा ही फक से उठा लिया।

पर इस बार उसने उसे ज़मीन पर नहीं उतारा। पुरुष के पसीने की अजनबी गन्ध के अनभ्यस्त नथुनों का कौमार्य सहम उठा। यह उसी के मन का वहम था, या सचमुच ही वह दुःसाहसी मतवाला गाड़ीवान उसे अपने से चिपटाए चला जा रहा था! न चाहने पर भी कलेजे की धड़कन नन्हे उभार को छेदती दूसरे कलेजे पर बजने लगी, जैसे जेब-घड़ी हो। वह दोनों पैर छटपटाकर नीचे उतरने की चेष्टा करने लगी।

"आहा, क्यों नीचे उतरने की कोशिश कर रही हैं? यह रास्ता गोखरू काँटों से पटा पड़ा है और आपके पैरों में हैं चप्पल। एक भी गड़ गया तो महीनों खाट पर पड़ी रहेंगी। लीजिए, पहुँच गए हम।" उसने सुमन को नीचे उतार दिया और पसीना पोंछने लगा।

"बाप रे बाप, देखने में तो आप एकदम हलकी-फुलकी लगती थीं, पर वजन अच्छा-ख़ासा है, क्यों?" वह हँस-हँसकर कहने लगा।

सुमन की दोनों हथेलियाँ पसीने से तर थीं और गला बुरी तरह सूख गया था। कैसी बस्ती थी यह और कहाँ थी उसकी हवेली! अँधेरे में हाथ को हाथ नहीं सूझ रहा था। काँपते हाथ को उसने जीन्स की जेब में डाला और उसे लगा, वह गिर पड़ेगी। जेब खाली थी। तब क्या किसी जेबकतरे की दक्षता से ही उसने रिवाल्वर पार कर ली थी?

"क्यों मिस श्रीवास्तव, क्या बात है, कुछ गिर गया क्या? देखूँ..." कहता वह अपना खुरदुरा कपोल एकदम सुमन के चेहरे के पास ले आया। सिहरकर वह पीछे हटी और छत्र-से छाए एक भीम वटवृक्ष की जटाओं में उलझकर रह गई।

उसने पहले उसकी नन्ही घड़ी टटोलकर उतार ली फिर वह हृदयहीन दस्यु उसके कंठ में पड़ी पतली चेन को जान-बूझकर ही बड़ी विलम्बित गति से ऐसे खोलने लगा, जैसे उसके कंठ में पुष्पहार पहना रहा हो। सुमन प्रस्तर मूर्ति-सी अचल खड़ी थी। घटनाओं का आकस्मिक तनाव कुहरे-सा ही उसकी चेतना पर छा गया। उसके शरीर से उठती मादक सुगन्ध से सहसा वह जंगली मुग्ध होकर झूम गया।

"वाह-वाह, क्या बढ़िया खुशबू लगाई है, कलक्टर साहिबा! इसी में तो

एक-एक कर आपकी तहसीलें डूब रही हैं।''

''चुप करो!'' क्रोध से सुमन की चेतना जाग्रत होकर फुफकार उठी। ''सब ले चुके हो, अब कुछ नहीं है मेरे पास। इस बटुए में चालीस रुपये हैं, इन्हें भी लो और...'' सहसा वह टूट पड़ी और बटुआ उसके मुँह पर ज़ोर से पटककर सिसकने लगी।

''झूठ बोल रही हैं आप, अभी बहुत कुछ है आपके पास। आप क्या सोचती हैं, तीन तोले की चेन और दो रत्ती की घड़ी लूटने के लिए ही आपको गोदी में इतनी दूर लेकर आया हूँ? ऐसा मूर्ख नहीं है रणधीरसिंह। बंगाल के जोतदारों का रक्त है मेरी शिराओं में मिस श्रीवास्तव! आप शायद नहीं जानतीं, मेरी माँ का मायका था मुर्शिदाबाद, सुन रही हैं?''

इस बार उसने सुमन को एक झटके से खींचकर छाती से लगा लिया। एक पल को सुमन बुत-सी खड़ी रही, फ़िर दूसरे ही क्षण उस तीक्ष्णनखा साहसी लड़की ने उसे नोच-नोचकर दूर धकेल दिया। न जाने कहाँ से इन दुबली-पतली बाँहों में किसी छिपी गुप्ती की-सी ही तीखी धार उभर आई थी! किन्तु शत्रु अजेय था। उसके लौहपाश से वह मुक्ति नहीं पा सकी। उस निर्जन वनस्थली में खड़े दैत्याकार वृक्षों से टकरा-टकराकर उसकी विवश सिसकियाँ उसी तक लौट आईं। आज तक पुरुषों के कन्धे से कन्धा मिलाकर प्रत्येक क्षेत्र में अपनी मौलिक प्रतिभा, साहस और सूझबूझ से वह धड़ाधड़ आगे बढ़ती चली गई थी। उस वीरांगना का गर्वोन्नत मस्तक आज पहली बार नारीत्व की सीमा-प्राचीर से टकराकर चूर-चूर हो गया था। वह यदि पुरुष होती, तो क्या उसके इतने दिनों की एकाग्र कौमार्य-साधना एक ही अभिशप्त रात्रि की करवट के साथ ऐसे व्यर्थ हो उठती? बहुत होता तो उसे लूट-पाटकर यह दस्यु उसके प्राण ही तो लेता, किन्तु उसे तो—वह प्राण न लेकर भी आज निष्प्राण छोड़ गया था। विषम परिस्थिति की वास्तविकता उसे एक बार फिर बौरा गई। नारंगी कुर्ते की बाँह फट-नुचकर कुहनी तक लटक आई थी। यत्न से सेट किए केश, जैसे किसी ने टीज कर पूरे चेहरे पर फैला दिए थे।

''सुमन!'' अचानक उसकी धृष्ट पुकार सुनकर वह जैसे आकाश से गिरी। रेशमी पलकों के आँसू अभी सूखे भी नहीं थे।

''क्षमा करना, तुम्हें नाम लेकर ही पुकार रहा हूँ। तुम्हारे ओहदे का कोई महत्त्व नहीं रहा अब। है ना? जब तुम्हें पहली बार देखा, तभी मैंने प्रण कर लिया था, एक-न-एक दिन...'' वह अपना मुँहजोर वाक्य पूरा भी नहीं कर

पाया था कि सुमन ने अपना मृणाल-दंड-सा कोमल हाथ, वज्र बनाकर उसके गाल पर घुमा दिया। हवा में घूम गई किसी बेंत की पतली छड़ी-सी ही सड़ाक से रणधीरसिंह पल-भर को तिलमिला गया, फिर उसने उसी हाथ को जबर्दस्ती खींचकर होंठों से लगा लिया।

"ऐसे तिलमिलाने से कुछ नहीं होगा सुमन! कौन जीता है और कौन हारा है, यह भी क्या अब मुझे ही बतलाना होगा? पर तुम्हें विश्वास दिलाता हूँ जिलाधीश्वरी, आज की यह मीठी स्मृति केवल हम दोनों की ही धरोहर रहेगी, साक्षी रहेगा यह उदार अश्वत्थ।" फिर वह छटपटाती सुमन को अपनी चौड़ी छाती से चिपटाए थोड़ी ही देर में तृप्त खर्राटे भरने लगा। चेष्टा करने पर भी सुमन फिर बन्धन-मुक्त नहीं हो पाई। एक करवट लेकर उसका भयावह सहचर पलटा, तो वह छिटककर उठ गई।

नवोदित सूर्य की पांडुवर्ण किरणों का जाल वनवनान्तर चीरता उस अरण्य को रँग गया। वटवृक्ष की मौन शाखा-प्रशाखाएँ पक्षी-रव से मुखरित हो उठीं।

"क्या बढ़िया नींद आई! मैं तो भूल ही गया था कि तुम भी मेरे साथ सोई हो।"

वह हँसा। ओह, उस कुटिल कामी की हँसी कैसी स्वच्छ और निर्दोष थी! "मैं तुम्हारे पास नहीं सोई थी।" क्रुद्ध स्वर में फुफकारती सुमन और दो कदम पीछे हट गई।

"ओह, तब क्या बरगद की जटा पकड़कर लटकी थीं अब तक?" वह फिर हँसकर सिगरेट सुलगाने लगा, "देखो ना, मेरा कुर्ता अभी भी तुम्हारे आँसुओं से भीगा है।" अपने मलमल के कुर्ते को उसने सामान्य रूप से उठाकर दिखाया, और खुले बटनों के बीच उस लोमश छाती को देखकर सुमन फिर काँप गई।

"लगता है, बहुत नाराज़ हो, क्यों? चलो-चलो, तुम्हारी तहसील तक पहुँचा दूँ। कह देंगे, रास्ते में कलक्टर साहिबा की गाड़ी खराब हो गई थी। वह तो अच्छा हुआ, फार्म से गल्ला ट्रक पर लदवाकर मैं लौट रहा था।" वह फिर बड़े उल्लसित स्वर में सीटी बजाने लगा। चलते-चलते वह अचानक मुड़ा, उसके पीछे सिर झुकाए किसी मन्त्रपूत डोरी में बँधी-सी सुमन चली जा रही थी।

"सुमन," खिलवाड़ कर रहे आनन्दी चेहरे की एक-एक रेखा सहसा बदल गई। पलटकर उसने सुमन के दोनों हाथ थामे, तो पकड़ में रात्रि की कठोरता

नहीं थी, जैसे उसे फूल की छड़ी से छू रहा था वह।

"भीखू कोली की हत्या में मेरे दल का हाथ नहीं था। कहीं तुम यह मत सोचना कि मैं इन जंगलों में यही सब करता फिरता हूँ। तुम्हें विश्वास दिलाता हूँ सुमन, किसी नारी का स्पर्श भी मैंने आज तक नहीं किया था। मैंने तुम्हें जो घर पहुँचाने का आश्वासन दिया था, उसके पीछे किसी छल-कपट का पाखंड नहीं था; पर..."

वह टिटनेस की रोगिणी की ही भाँति ऐंठी सुमन के बिखरे बालों पर हाथ फेरकर एक क्षण चुप रह गया।

"तुम्हारी उदासीनता ने ही मुझे ढीठ बना दिया था। मीटिंग होती, तो तुम जान-बूझकर ही मुझे अपनी तटस्थता से पागल बना देतीं, किन्तु तुम्हारे खोखले अभिनय को मैंने पकड़ लिया था। कई बार तुम्हारी लुका-छिपी में मुग्ध दृष्टि का मूक आह्वान मैं पा चुका था। सच कहो सुमन!" उसने सुमन के दोनों कंधे पकड़ लिए और झुकी पलकों पर अपनी तीक्ष्ण दृष्टि निबद्ध कर दी। सुमन जैसे प्रखर सूर्य की किरणों के तेज के सम्मुख आँख नहीं उठा पा रही थी।

"कैसी विचित्र थी तुम्हारी सज्जा!" वह स्वयं ही बोलता चला जा रहा था। "कभी काँसे-सी चमकती अर्धनग्न पीठ का बड़े औदार्य से प्रदर्शन कर रहा तुम्हारा ब्लाउज़ और कभी किसी छोकरे के-से ढीले कुर्त्ते की मेखला में लुका-छिपी खेलता और भी रहस्यमय बन गया तुम्हारा यौवन! क्या तुम जान-बूझकर स्वयं ही दुर्भाग्य को नहीं न्यौत गई थीं?"

सुमन के स्वाभाविक रूप से सफेद पड़ गए चेहरे को देखकर उसने एकाएक गिरगिटी रंग बदल लिया। सहमी सहचरी को अब उसने चिबुक उठाकर, गुदगुदाने की व्यर्थ चेष्टा की, "कोई मनहूस-सी मेट्रनवाली साड़ी-वाड़ी पहनकर दफ्तर में बैठी होतीं तो शायद यह सब नहीं होता। मैंने ऐसी-ऐसी मर्दानी औरतें देखी हैं, जो अफसर बनते ही अपनी बलवती इच्छाशक्ति से मूँछें तक उगा लेती हैं। तुम्हारी कसम सुमन, एक ठुड्डी पर तो मैंने दाढ़ी भी देखी थी। छियालीस इंच सीना और ऐसी चौड़ी हथेली कि तमाचा मारे तो बत्तीसी बाहर! पर तुम तो केवल नाम की ही अफसरी हथिया सकी हो, क्यों?"

सुमन चुपचाप खड़ी रही।

"लेट अस पार्ट फ्रेंड्स।" उसने फिर हँसकर अपना हाथ सुमन की ओर बढ़ा दिया, किन्तु उसके मैत्रीपूर्ण आह्वान को व्यर्थ कर सुमन अपने कुर्त्ते की ऊँची बाँह को यत्न से सँभालती आगे बढ़ गई। इक्के को उसके बँगले से

पहले ही रोककर वह उसे उतार गया। बिना उसकी ओर एक बार भी देखे, वह तेजी से निकल गई।

बँगले पर पहुँची तो मानबहादुर अचानक लौट आई स्वामिनी को देखकर घबरा गया। माली की किशोरी सलोनी पुत्री को वह अपनी मेम साहब के कॉफी के मग में हँस-हँसकर झागदार कॉफी पिला रहा था।

हड़बड़ाकर मालिक नन्दिता उठ गई। सुमन ने कठोर दृष्टि से दोनों को देखा और कमरे में चली गई। जहाँ देखो, वहीं प्रकृति की यह हृदयहीन ठिठोली! कनपटी पर अभी भी शिराएँ जैसे पटापट हथौड़ियाँ चला रही थीं। गुसलखाने में घुसकर उसने पूरा शॉवर खोल दिया और घंटों नहाती रही। मानबहादुर, सहमे स्वर में बन्द दरवाज़े से ही, दो बार चाय के लिए पूछकर लौट गया। नहाकर निकली, तो उसने यूडीकोलोन की आधी शीशी शरीर पर उलट ली, किन्तु अजेय पुरुष-परिमल शिकारी ग्रेहाउंड-सी ही उसका पीछा कर रही थी।

रात-भर का अस्वाभाविक तनाव किसी दुःस्वप्न के कुहरे की धुन्ध से उसे घेर गया। अलमारी में धरी एस्प्रिन खाने की उसे महीने में एक-आध ही दिन आवश्यकता पड़ती थी, वह भी एकमात्र एक गोली। आज तीन-तीन गोलियाँ घुटकने पर भी सिर दर्द से फटा जा रहा था और चेहरे की तमतमाहट। वह तो जैसे मज्जा में रिसकर रह गई थी। मानबहादुर डरते-डरते चाय की ट्रे लगा गया।

चाय पीकर उसने अपने अर्दली को बुलवा भेजा तो मानबहादुर सहमा। निश्चय ही अब मेम साहब उसे कान पकड़कर बँगले से बाहर करने अर्दली को बुलवा रही थीं। किन्तु सुमन ने ठंडे स्वर में उसे अर्दली के साथ जीप लेकर अपनी गाड़ी ले आने का आदेश दिया और कहा, "आज मेरी तबीयत ठीक नहीं है बहादुर, मैं खाना नहीं खाऊँगी।"

जाने के पहले बहादुर बड़े सलीके से फाइलों का अम्बार उसकी मेज़ पर लगाकर धर गया था। दौरे से लौटने पर वह नित्य अपने बेड-रूम में ही दिन-भर का जमा हो गया काम निबटाया करती थी, पर आज उसे स्मृतिविभ्रम हो गया था? क्या वह कभी फाइलें भी देखती होगी?

रात-भर वह बेचैन करवटें बदलती रही। क्या पता वह दुःसाहसी उसे जीवन-भर ब्लैकमेल करता फिरे! जिले का एकमात्र समाचार-पत्र अपने चौंकानेवाले निम्न रुचि के समाचारों के लिए अत्यन्त लोकप्रिय था। लोगों का

कहना था कि रणधीरसिंह ही उस पत्र का संरक्षक है और उसी के माध्यम से जिला शासक-वर्ग पर जब चाहे तब पिच्च से थूक सकता है। क्या पता कल के प्रातःकालीन संस्करण में जिलाधीश के अपहरण का समाचार चूरन-चटनी के साथ परिवेशित हो। फिर गुणी सम्पादक क्या केवल अपहरण का ही समाचार छापकर सन्तुष्ट होगा? सारी रात वह कमरे में चहलकदमी करती रही। थककर चूर हो आरामकुर्सी पर बैठी तो पल-भर को आँखें लग गईं। एक झपकी भी पूरी नहीं हुई थी कि अरण्य का सहचर, अधूरी झपकी के बीच ही बड़े दुःसाहस से हँसता, बाँहें फैलाता, उसकी ओर बढ़ आया। एक दबी चीख के साथ वह उठ बैठी और फिर टहलने लगी।

दूसरे दिन नहा-धोकर ही वह फाइलों में जुट गई। उस दुःस्वप्न को एक दुःस्वप्न की ही व्यर्थता से ग्रहण करना होगा। किसी दुःसह दुःख में भी वह आज तक कभी देर तक मातम नहीं मना सकी थी। पहले उसने फाइलें निबटाईं, फिर आत्मीय स्वजनों को पत्र लिखे, नित्य पंख लगाकर उड़ जानेवाला समय भी आज उसे दुर्दिन के हितैषी मित्र की भाँति छोड़ ही नहीं रहा था। ग्राफ लेकर वह सलाइयाँ खटकाने बैठ गई। इस दुरूह नौरवीजियन नमूने की उलझन में डूबकर उसे फिर कुछ सोचने का अवकाश नहीं रहेगा। किन्तु कैसी भूल थी उसकी! पद-पद पर उसकी चेतना केवल एक ही व्यक्ति के इर्द-गिर्द चक्कर काट रही थी। पत्ता भी खड़कता तो वह भय-विस्फारित दृष्टि से इधर-उधर देखने लगती। क्या पता वह धड़धड़ाता सीधा कमरे में ही चला आए और उसे बाँहों में भर, फिर किसी अभेद्य अरण्य को चीरता दौड़ पड़े!

लज्जा, विवेक, सौजन्य तो वह शायद जन्मते ही घुट्टी में घोलकर पी गया था; पर वह नहीं आया। एक के बाद एक कर सात दिन बीत गए। भय से सहमी सुमन अपना अधूरा दौरा भी पूरा नहीं कर पाई। रात-रात-भर न सो पाने की कालिमा, लाख छिपाए जाने पर भी कुम्हलाए कपोलों पर फैलने लगी। दोनों सुकुमार कन्धों को किसी का अदृश्य हाथ रह-रहकर झकझोर उठता और वह कभी बैठी-बैठी ही चौंककर उठ जाती। सबसे दुःखदायी था स्वप्न में उस व्यक्ति का अनाधिकार प्रवेश! उस कालरात्रि के अवसान के पश्चात एक भी रात ऐसी नहीं बीती थी जब वह उसके स्वप्नलोक में मुस्कराता खड़ा न हो गया हो! और नित्य के उन दुःस्वप्नों की सबसे अविश्वसनीय घटना थी, स्वयं सुमन का स्वभाव के विपरीत निर्लज्ज आचरण। वह बाँहें फैलाता तो वह उनमें स्वेच्छा से सिमटने को व्याकुल हो उठती। वह उसका चिबुक स्पर्श करता, तो

वह अपने जन्म-जन्मान्तर के तृषार्त अधरों की याचना स्पष्ट कर देती। यहाँ तक कि वह विदा माँगकर, जाने को तत्पर होता, तो वह घुटने टेककर, चेरी बन, अपनी दीन-हीन विनती चिरौरी से उसका मार्ग अवरुद्ध कर देती। हड़बड़ाकर, वह पसीने से तरबतर, बिस्तरे पर बैठी काँपती रहती। छिः-छिः, क्या हो गया था उसे! जिस व्यक्ति ने किसी गुहा मानव के-से ही अपने प्रणय-निवेदन से उसे झकझोर दिया था, उसका सर्वनाश करने में जो रंचमात्र भी नहीं झिझका था, उसी के प्रति उसकी छलनामयी अमूर्त चेतना पुष्प के किस परागकण में उसके प्रणय का कीट छिपा रह गया?

कई बार उसके जी में आया, वह लम्बी छुट्टी लेकर बम्बई चली जाए। वहाँ तो ऐसे अनेक मनोवैज्ञानिक मसीहा बसते हैं। क्या पता वे उसकी अन्तरात्मा की नाड़ी पकड़कर इस विचित्र रोग का निदान कर ही दें। पर उन पर भी तो उसकी आस्था नहीं थी। स्वयं उसकी चचेरी बहन, एक ऐसे ही प्रसिद्ध मनोवैज्ञानिक चिकित्सक की पत्नी थी और उसे महीने में पन्द्रह दिन हिस्टीरिया के ऐसे दौरे पड़ते थे कि चिकित्सक जीजा उसे लुक-छिपकर प्रेतात्माओं के किसी प्रसिद्ध चिकित्सालय में झड़वा भी लाए थे।

अपने इस रोग पर उसे स्वयं ही विजय पानी होगी। रात-भर की उनींदी आँखों को अपनी ठंडी हथेलियों से ढककर वह एक दिन लॉन में बैठी थी कि उसकी अनिद्रा का कारण सशरीर उपस्थित हो गया। वह तटस्थ भी नहीं हो पाई थी कि वह स्वयं हँसता-हँसता बड़ी स्वाभाविकता से ऐसे कुर्सी खींचकर जम गया, जैसे बड़े आग्रह से न्यौता गया प्रिय पाहुना हो।

"कहिए मिस श्रीवास्तव, मैंने सुना, सात-आठ दिन से आपकी तबीयत ठीक नहीं है?"

सुमन का चेहरा तमतमा उठा, इससे किसने कह दिया? उसकी अनिद्रा का रहस्य तो केवल उसी तक सीमित था। मन की बात भाँप लेना राजनीति के उस चतुर खिलाड़ी के बाएँ हाथ का खेल था। उसने सुमन के चेहरे की तमतमाहट के बीच भी उसके मूक प्रश्न को पढ़ लिया।

"छोटी-सी जगह है यह," वह फिर दोनों हाथों को अलमस्ती से कुर्सी के पीछे डाल हँस-हँसकर झूला झूलने लगा, "किसके चौके में क्या पक रहा है, यह नथुने मींचते ही सूँघा जा सकता है। केमिस्ट के यहाँ टूथपेस्ट लेने गया, तो देखा, आपका चपरासी वेरामून लिए जा रहा है। आप ही बताइए, वेरामून कोई अपच की औषधि तो है नहीं।"

सुमन ने बड़ी रुखाई से मेज़ पर धरा अख़बार उठा लिया और पढ़ने का अभिनय करने लगी, पर उसके काँपते हाथों को देखनेवाले ने देख लिया था।

"क्यों चिन्ता करती हैं," उसने धीरे-से अख़बार खींच लिया, "जिले का सबसे सतर्क रिपोर्टर आपके चरणों का दास है। उसके रहते इसमें कोई भी ख़बर ऐसी नहीं छप सकती, जिससे आपकी यश-पताका कालिमा-रंजित हो। सुनिए, चाय-कॉफी कुछ नहीं पिलाएँगी क्या? आप जैसे बुद्धिमान अफसर तो हमें सिर-आँखों पर लिए फिरते हैं। आपके आतिथ्य में त्रुटि रही तो फिर शायद प्रेस रिपोर्टर उतना उदार न रहे।" सुमन ने उसकी धृष्ट याचना सुनकर भी अनसुनी कर दी। कोई कसाई भी होता, तो शायद गाय की-सी उन दो बेहद डरी-सहमी आँखों को देख, छुरी लिए स्वयं ही दो डग पीछे हट जाता। वधिक की तेज शिकार-टॉर्च की रोशनी से अन्धे बन गए शिकार ने सधे निशाने का ग्रास बनने को स्वयं ही घुटने टेक दिए थे। न वह उसे डाँटकर भगा सकी, न स्वयं ही वहाँ से उठ पाई।

"बहादुर, जल्दी चाय बनाकर ले आओ।" इस बार रणधीरसिंह ने ऐसे रोबीले स्वर में आदेश दिया, जैसे वह ही गृहस्वामी हो।

"आप तो ऐसे बैठी हैं, जैसे किसी ट्रांस की माध्यम हों। अच्छा, ईमान से बताइए तो ज़रा, क्या सपनों में मुझसे हँस-हँसकर लिपट नहीं जातीं आप? काश, वे सपने सच होते।" सुमन चौंककर उसे देखती ही रह गई। कहता क्या है यह? क्या सचमुच ही यह किसी अघोरी तान्त्रिक का सर्वदर्शी अन्तर्यामी चेला है? अनिद्रा का रहस्य तो मान लिया, इस दवा का सूत्र थामकर मिल गया; किन्तु उसके दुरूह स्वप्नों की पोटली किसने थमा दी थी इसे?

"तब से नित्य मैं ऐसे ही सपने देखता हूँ सुमन," वह एक लम्बी साँस खींचकर कहने लगा, "अब तुम न मुझसे दूर भागती हो, न मेरी बाँहों में छटपटाती हो। तुम्हारा वह मीठा आत्मसमर्पण क्या मेरे सपनों ही तक सीमित रहेगा?"

सुमन अब और कुछ नहीं सुन सकी। बहादुर चाय बनाकर रख गया था। उसके हाथ-पैर ऐसे अवश हो गए कि वह प्यालों में चाय भी नहीं डाल सकी।

यह कैसा विचित्र संयोग था भगवान! क्या क्रूर विधाता भी उन दोनों को स्वप्नों के माध्यम से छलने लगा था? रणधीरसिंह ने ही चाय बनाकर उसे प्याला थमाया और सम्मोहन-सी में बँधी वह चाय पी गई।

"मैं उतना नीच नहीं हूँ सुमन, जितना तुम समझती हो।" वह धीमे स्वर

में कहता जा रहा था। "माँ को बचपन में ही खो दिया, पिता ने दूसरा विवाह कर लिया था। न मुझे माँ की ममता मिल पाई, न बाप का दुलार। मेरी कुंठा ने मुझे विद्रोही बना दिया। चाहो तो तुम ही अपने रूप, प्रतिभा और स्वभाव से मुझे..."

"क्षमा करें," उसके मोहक प्रस्ताव को बीच ही में काटकर वह उठ गई। "मुझे एक मीटिंग में जाना है। ठीक दस बजे पहुँचना था और दस बज गए हैं।"

"चलिए, चलिए," वह हँसता-हँसता उसी के साथ खड़ा हो गया। "आप शायद भूल गईं। मैं भी तो उसी की कार्यकारिणी का सदस्य हूँ।"

और फिर तो उस मीटिंग में रणधीरसिंह के प्रश्नों की बौछार ने सुमन को बौखला दिया। वह जो भी प्रस्ताव रखती, वह चट से उसी क्षण उसकी व्यर्थता सिद्ध कर उसे परास्त कर देता।

घर लौटते ही सुमन लम्बी छुट्टी पर जाने का निश्चय ले चुकी थी। यह ठीक था कि ऐसा निश्चय लेकर वह स्वयं अपने बंधुवर्ग के सम्मुख पराजय ग्रहण कर रही थी। जब आठ महीने पूर्व वह इस जिले का कार्य-भार ग्रहण करने आई थी, तो उसके अनेक सहकर्मियों के एकसाथ कई पत्र आए थे। वे कभी स्वयं उस जिले का कठिन शासन-भार सँभाल चुके थे। "यह जिला तो हमारे प्रदेश का 'प्रॉबलम चाइल्ड' है। देख लेना, साल-भर से पहले ही तुम्हें लम्बी छुट्टी पर जाना होगा।" एक मित्र ने लिखा तो गर्वीली सुमन ने तीर-सा उत्तर लिख भेजा था। "निश्चिन्त रहो, मुझे छुट्टी नहीं लेनी पड़ेगी।" किन्तु आज तो उसे स्वेच्छा से ही अपना बोरिया-बिस्तरा लपेटना पड़ा। यह भी सम्भव था कि इस छुट्टी के बीच उसका तबादला हो जाए, पर यदि नहीं हुआ, तब? इस 'तब' का सुमन के पास कोई उत्तर नहीं था। अब उसके लिए एक ही मार्ग खुला रह गया था कि वह मौसी का प्रस्ताव मानकर, उसी दुहेजू के गले में माला डाल दे।

उस दिन उसने नींद की गोलियाँ नहीं खाईं। क्या पता वही गोलियाँ उसे ऐसे ऊलजलूल सपने दिखा रही हों। रेडियो खोलकर वह चुपचाप बिस्तर पर लेट गई। किसी प्रसिद्ध सितारवादक का आलाप और झाला उसे थपकियाँ-सी देता रहा और कई दिनों बाद पहली बार वह गहरी नींद में डूब गई। नींद स्वाभाविक ही थी, किन्तु सपना था अस्वाभाविक। नित्य का दुःस्वप्न नींद में डूबी पलकों पर फिर उतर आया और सुमन हँसती-लजाती उन्हीं बाँहों में सिमट

गई। आज उसी रात्रि का वह वनविहारी सहचर सजकर आया था। चेहरे पर लिपटा था बहारवटिया साफा, ढीला मलमल का कुर्ता और खुले बटनों से चौड़ी सिल-सी चमकती छाती। काँपते अधरों पर पतली मूँछों का स्पर्श पाकर सोनेवाली हड़बड़ाकर उठ बैठी। किन्तु यह क्या स्वप्न था? यदि स्वप्न ही था तो क्यों उन बाँहों के लौह कपाट मुँदकर रह गए थे? क्यों वह छटपटाने पर भी मुक्त नहीं हो पा रही थी?

"तुम...तुम कैसे आ गए यहाँ?" सुमन की दृष्टि अपनी मिनी पारदर्शी नाइटी पर पड़ी। वह क्रोध, लज्जा और भय से थर-थर काँप उठी।

"मूर्ख मत बनो, तुम्हीं ने तो मुझे बुलाया था।" वह बिखरे बालों को पीछे हटाता उसके कान के पास अपना चेहरा ले आया।

"मैंने?" पल-पल द्विगुणित हो रहे क्रोध के उफान से पतले होंठ काँप रहे थे।

"हाँ," उसका स्वर और भी धीमा हो गया, "आज तो सोते ही आ गई थीं, बार-बार मेरा हाथ खींचकर कहती थीं, 'चलो-चलो, मेरे साथ।' फिर भला मैं कैसे नहीं आता?"

वह क्षुधातुर होंठ सुमन की नाइटी के पास ले आया तो वह कूदकर नीचे उतर आई।

कैसे आ गया यह परम दुःसाहसी? बाहर दो-दो संगीनधारी तनिक पदचाप का खटका सुनते 'हॉल्ट-हॉल्ट' कह नित्य बँगला गुँजा देते थे। आज क्या पूरी गारद ही अफीम खाकर सो गई थी? द्वार पर चिटखनी चढ़ी थी। तब क्या गुसलखाने का नल पकड़कर ही यह चतुर नट कमरे में घुस आया?

"सुमन, अपने को मत छलो। उस रात के बाद क्या अब तुम किसी दूसरे की बन सकती हो? आओ मेरे पास।"

ओफ, उसकी नंगी आँखें कहाँ आकर जड़ गई थीं! हड़बड़ाकर सुमन ने चादर लपेट ली। वह फिर हँसा। "इसी से तो कहता हूँ, साड़ी पहना करो सुमन!"

उस उद्दंड की धृष्ट आँखें यत्न से लपेटी गई चादर की जैसे धज्जियाँ उड़ा रही थीं।

"आओ, सुमन, आओ मेरे पास।" उस सजीले प्रणयी का यह कैसा अपूर्व आह्वान था! काश, यह कदर्य कुत्सित होता! काश, उसकी नाक भोंडी, चपटी और देह थुलथुली होती और काश, वह चीख-चिल्लाकर अपनी गारद को सचेत

कर, कह पाती, 'बन्द कर दो इस गुंडे को हवालात में!' किन्तु गुंडे के घन-कुंचित केश सलोने चेहरे पर बिखर गए थे। ललाट के घाव से लेकर चिबुक के गढ़े तक पंचशर की तूलिका जादुई रंग की फुहारें छोड़ गई थी। एक छोटे-से जिले का जिलाधीश के सम्मुख, एक प्रणयोन्मत्त हृदय के मंडलाधीश बनने का प्रश्न था। जान-बूझकर ही क्या इस लुभावनी पदोन्नति के सुअवसर को हाथ से निकल जाने दे? इस बार बाँहें उसकी ओर बढ़ीं तो वह स्वयं सिर झुकाए पलंग की पाटी पर बैठ गई।

एक-एक कर फिर तो न जाने कितने दिन बीत गए। नित्य ही गारद की आँखों में धूल झोंकी जाने लगी। चपरासी को अब नींद की गोलियाँ लेने नहीं जाना पड़ता। जिलाधीश के सुशासन का अभयदान पाकर साइकिल-सवार बेधड़क रात-आधी रात इधर-उधर घूमने लगे। छोटे सेठ फिर नाड़े में अपना बैंक-बैलेंस लटकाकर घर आने लगे। किन्तु ऐसा उत्कट प्रेम क्या आज तक कभी छिपाए छिपा है? प्रखर सूर्य की किरणों की भाँति उस अभिनव प्रेम का प्रकाश अन्धों की भी आँखें चौंधियाने लगा। दोनों एकसाथ दो-तीन दिन के लिए बाहर भी घूम आए थे और लौटते ही सुमन मौसी को चिट्ठी लिखने बैठ गई थी। ऐसे महत्त्वपूर्ण पत्रों के पहले कई संस्करण बन-बनकर बिगड़ते हैं। 'प्रिय मौसी' लिख-लिखकर उसने तीन-चार पन्ने फाड़ दिए। चौथी बार उसने कलम को साधकर लिखा :

"प्रिय मौसी,

मैंने कल विवाह कर लिया है। चौंको मत मौसी, अभी किसी को पता नहीं है। तुम्हीं हमारी पहली ऐसी आत्मीया हो, जिसे हम यह शुभ समाचार दे रहे हैं। विवाह कचहरी में ही हुआ। किससे हुआ, वह कौन है, यह सब देखने पर ही जान लोगी। इतना तुम्हें विश्वास दिलाती हूँ, न रूप में ठगी गई हूँ, न गुण में। तुमने ठीक ही कहा था मौसी, कुदरत से लड़ेगी तो..."

वह अपना वाक्य पूरा नहीं लिख पाई थी कि उसे लगा, समस्त ब्रह्मांड उसे गोदी में लिए घूम रहा है। छोटी-बड़ी आँतें एकसाथ जैसे किसी नागरदोले में घूमी चली जा रही थीं। अधूरी चिट्ठी-कलम नीचे पटककर महिमामयी जिलाधीश ने दोनों हाथों से सिर थाम लिया और वहीं पर वमन करने लगी।

दो बहनें

उन दोनों को एकसाथ बिठा, देर तक देखने पर भी कोई उनके चेहरे-मोहरे में किसी प्रकार का साम्य नहीं पा सकता था।

बड़ी जया, पृथुलवदनी, लम्बी और साँवली थी। उसके सुडौल कन्धे, रोबीले गाम्भीर्य से भिंचे सरस अधर, घनी भौंहें और कुछ ढालू-सी बनावट का ललाट, उसे पहली बार देखनेवाले को सहमा देने की निश्चय ही अपूर्व क्षमता रखता था। उसका भव्य व्यक्तित्व किसी गृह के सिंहासन से दफ्तर की रोबदार कुर्सी पर ही अधिक सुन्दर लग सकता था। उसके कंठ-स्वर में दफ्तर में काम करनेवालियों की-सी पुरुष हुंकार अभी नहीं आई थी। उसमें अभी भी कोमल निषाद की ही मिठास थी। वह इतने धीमे स्वर में बोलती थी कि कभी-कभी उसके होंठों में बुदबुदाते स्वरों को सुनने कान ही सटाकर बैठना होता था। अपनी छोटी बहन की तुलना में वह सचमुच ही फीकी लगती थी; पर उसके चेहरे की भव्यता में सौन्दर्य का नहीं, आत्मबल का तेज था; बुद्धिप्रदीप्त तीखी दृष्टि का आकर्षण हृदय को बाँध लेता था। चेहरे के अनुपात से ही मेल खाते विराट् जूड़े को वह निर्ममता से कसकर एक जाली में बन्द करके रखती थी। गले में एक पतली सोने की हरे जेड-जड़ी चेन और हाथ में स्टील की घड़ी के अतिरिक्त कभी किसी ने उसे कोई आभूषण पहले नहीं देखा। सफेद ब्लाउज़ और मर्दानी कन्नी की साड़ी के श्वेताम्बरी कफ़न में लिपटे अपनी दीदी के अकाल मृत्यु प्राप्त यौवन को देखकर विजया के जी में आता, वह कभी उसे झकझोरकर रख दे। कौन-सी ऐसी बुढ़ा गई हैं? छब्बीसवाँ ही तो लगा इस दिसम्बर में, इस उम्र में तो आजकल की लड़कियों के दूध के दाँत टूटते हैं। पर वह जानती थी कि उसकी तापसी दीदी का यौवन, स्वयं उसी छोटी बहन के लिए किए गए मूर्खतापूर्ण त्याग के घातक कीटाणुओं से घुल-मिलकर दम

तोड़ चुका था। अब उसमें जीवन के पुनःस्पन्दन की कोई आशा न थी।

वह कई बार आजमा चुकी थी—न दीदी को खाने में रुचि थी, न पहनने-ओढ़ने में। दोनों बाजार जातीं, परिचित दुकानदार नई-नई डिजाइन के साड़ियों के इन्द्रधनुषी गट्ठर धमाधम पटकने लगता।

आसपास खड़ी महिला-ग्राहिकाओं की आँखों में रस-उदधि हिलोरें लेने लगता।

''हाय, कितना प्यारा रंग है!''

''अडयार की क्या बढ़िया साड़ी है! किनारे का कंट्रास्ट देखो ज़रा, मैं तो आज ही इसे पहनकर यूनिवर्सिटी जाऊँगी।''

विजया अबीरी साड़ी को अपने मेल खाते गालों से लगा उसकी स्निग्धता में आकंठ डूब जाती और कनखियों से उदासीनता से दीदी को देखती, पर उन शान्त भावविहीन आँखों की पुतलियों में ऐसी स्थिरता छाई रहती जैसे काँच की बनी हों।

''हूँ, तेरा तो मन ही नहीं भरता विजी, कितनी साड़ियाँ तो पड़ी हैं!'' छोटी बहन को एक सौम्य हँसी के उपालम्भ से छेदते बटुआ खोल वह बिल चुका देती और एक प्रकार से खींचती बाहर ले आती। साड़ी के काउंटर पर से विजया सहज में खिसकना ही नहीं चाहती थी। एक तो उसका रंग ऐसा था कि हलकी गहरी शेड की सस्ती-महँगी, कैसी ही साड़ी क्यों न हो, उसके यौवन दुर्ग पर समरध्वजा बनकर फहराने लगती। उस तनूदारी सुन्दरी ने अपनी लचीली देहयष्टि सँवारने में संयम का बहुत बड़ा मूल्य चुकाया था। घी, दूध, मलाई की चिकनाई का कुपथ्य उसने स्वयं अपने लिए वर्जित कर लिया था। अपने सुडौल अंग के किसी भी लुभावने उभार पर वह अतिरिक्त मज्जा की एक पतली परत भी नहीं चढ़ने देती थी। नित्य नियमपूर्वक अपने को तौलती थी और छटाँक-भर भी वजन बढ़ता तो भोजन लोलुप जिह्वा पर कठोर तोबड़ा कस देती। इसी से उसके चेहरे पर उसके चौबीस वर्षों के बावजूद, किशोरी की-सी लुनाई थी। उबले पालक, कच्चे टमाटर और हड्डियों के सूप ने त्वचा को एक प्रकार से पारदर्शी बना दिया था। आँखों में वन्यहरिणी का-सा भयत्रस्त भाव था, किन्तु मानव हृदय की गहरी जानकारी रखनेवाले अनुभवी जौहरी उन आँखों में एक बार ही झाँकने पर बड़ी सुगमता से जान सकते थे कि हीरा कली है। उसका भोलापन, नाटकीय सरलता और नारीसुलभ लज्जा का एक-एक पाठ वर्षों की लगन और अभ्यास की देन थी। वह जानती थी कि पुरुष को इन्हीं ब्रह्मास्त्रों से

पराजित किया जाता है। पिता की मृत्यु के बाद इस मातृहीना छोटी बहन को सँभालने में कभी-कभी जया को दिन में भी तारे दिख गए थे। अपने लिए आए कई वांछनीय रिश्ते उसने केवल इसी छोटी बहन के लिए फेर दिए थे। "मैं चली जाऊँगी तो इसे कौन रखेगा, पापा?" वह कह देती और पापा चुप रह जाते। वह विश्वविद्यालय में मनोविज्ञान की प्राध्यापिका थी और अधिकांश मनोवैज्ञानिकों की भाँति मन-ही-मन मनोविज्ञान का जाल बुनते-बुनते, उसके सलोने चेहरे पर, समय से पूर्व उत्पन्न नवजात शिशु के शरीर की-सी झुर्रियाँ पड़ गई थीं। किसी भी स्त्री या पुरुष को देखते ही उसकी धमनियों में सुप्त युंग और फ्रायड के विचार जाग्रत हो उठते और वह उनकी ज्ञात या अज्ञात कुंठाओं के सहारे, अपनी मनोवैज्ञानिक भृगुसंहिता के पन्ने पलट, उनकी कुंडलियाँ खोजने लगती। कैसी कुटिल हँसी है, कैसी नीच मुद्रा है, कैसा कनखियों से काकदृष्टि के बाण मारता है आदि-आदि। उसके इसी तीक्ष्ण चुनाव के कारण उसी के जीवन में कभी कोई पुरुष नहीं आ पाया। यौवन के सुनहले वर्ष देखते-देखते उसकी फैली हथेली से सरकते गए। उसके पिता की गणना शहर के दबंग वकीलों में की जाती थी। तराई के खूनियों एवं पहाड़ी इलाकों के कुख्यात अपराधियों से उनका वर्षों का यजमानी सम्बन्ध चला आ रहा था। उनकी दबंग वकालती दलीलों का जिरहबख्तर कस वे एक से एक जघन्य अपराध करते निगरगंड हो घूमते रहते। इसी से लोग कहते, पाप की कमाई भी कहीं फलती है! इसी से भगवान ने एक पुत्र भी नहीं दिया पिंडदान करने को! ब्राह्मण का भला इससे बड़ा दुर्भाग्य और क्या हो सकता है! फिर उन धेंगड़ी-सी मातृहीना पुत्रियों का कुमाऊँ के किसी भी संस्कारबद्ध गृह में गुजारा नहीं हो सकता था। बड़ी के सौम्य स्वभाव की सर्वत्र प्रशंसा थी। "लड़की तो लाखों में एक है, पर रंग ज़रा..." कह अधूरे वाक्य में ही ज़हर उगल परिचित स्त्रियाँ चुप रह जातीं।

साँवले रंग को क्षमादान देने में कुमाऊँ सदा से ही कृपण रहा है। "और छोटी? बाप रे बाप! दहकता अंगार है—रूप में भी, स्वभाव में भी।"

पर दोनों बहनों को अपने समाज की बेरुखी से कोई शिकायत नहीं थी।

जया पठन-पाठन, पूजन-अर्चन में डूबी रहती। विजया के यौवन का पर्याप्त मूलधन अभी उसकी सुन्दर मुट्ठी में बन्द था। आज तक कभी भी ऐसा नहीं हुआ कि राहचलतों ने उसे मुड़कर न देखा हो।

वह चाहे रेशमी साड़ी पहने या वल्कलवसना बनी घूमे, पुरुष की दृष्टि

को वह अपने यौवन के चुम्बक से जब चाहे तब खींच सकती थी और सच पूछा जाए तो उसे इसमें आनन्द भी आता था।

पिता की मृत्यु के पश्चात दोनों बहनों ने अपनी पहाड़-यात्रा एक प्रकार से स्थायी रूप से स्थगित कर दी थी। अल्मोड़ा, रानीखेत और नैनीताल की विभिन्न नगरियों में उनकी तीन सर्वथा विभिन्न प्रकृति की बुआएँ ब्याही थीं।

बड़ी से दोनों की पिता के जीवनकाल में ही खटपट हो गई थी। उनके विचार में कुसुमी बुआ हद दर्जे की स्वार्थी और लम्पट महिला थीं। अपने भाई की सुखी गृहस्थी देखकर वे मन-ही-मन जलती-भुनती प्रत्येक जाड़ों में पधार जाती थीं, इसीलिए उनकी इस अनिवार्य यात्रा को बड़े यत्न से संयुक्त मोर्चाबन्दी कर दोनों ने बन्द कर दिया था।

मँझली बुआ की आर्थिक अवस्था भी बड़ी सुविधा की नहीं थी। उनके पति जंगलात के दफ्तर में क्लर्क थे। वकील साहब को इस बहन को भी हर माह कुछ-न-कुछ भेजना होता था, इसी से उन बुआ का पक्ष भी दुर्बल पड़ गया था। प्रत्येक जाड़ों में अपने आठों बच्चों सहित वे तीन महीने की सुदीर्घ छुट्टियाँ बिताने भाई के पास आ जातीं और दोनों मातृहीना भतीजियों पर खूब रोब जमातीं।

"हाय राम, ये कैसी फतोइयाँ पहनती हो तुम लोग! क्या लाज नहीं लगती?"

"क्यों री विजी, इन आठ घटमुटों के पूरी बाँह के स्वेटरों में कितनी ऊन लगेगी? तू तो दिन-रात बुनती रहती है?" कभी पूछ लेतीं।

"चालीस पाउंड", विजया उत्तर का चाँटा-सा मार, बड़ी अभद्रता से उठकर बाहर चल देती। इस बुआ को देखकर उसका तन-बदन जल जाता था, उस पर कोहनी से फटा पट्टू का बदबूदार कोट पहन उसके रसिक मँझले फूफा ठीक उसके कान के पास खड़े हो, दनादन हींग-मूली मिश्रित डकारें छोड़ने लगते। यही नहीं, कई बार उन जंगली फूफाजी का ताँगे के घोड़े का-सा हाज़मा, उसे उसकी ठसकेदार सुसंस्कृत सखियों के सामने बुरी तरह अपदस्थ कर देता। पिता की मृत्यु के पश्चात तेरहवीं के दिन ही विजया ने इस दक्ष-कन्या को भी पितृगृह से खदेड़ दिया। जया को अवश्य ही बहन के दुर्व्यवहार से बड़ी ग्लानि हुई थी, "कभी यह हमारे साथ भी हो सकता है, विजी, आख़िर हैं तो पापा की बहन!" उसने कहा था।

"चुप करो, दीदी, पापा का रिश्ता उनके साथ गया, और रही हमारी बात,

तुम जानती हो, हमारे साथ यह कभी नहीं हो सकता। थैंक गॉड, हमारी बुआ बनने की कोई उम्मीद नहीं है।'' तीसरी और सबसे छोटी बुआ सहज में छोड़नेवाली जीव नहीं थीं। वे जब भी आतीं, कभी भतीजियों की मेम साहबी शिक्षा या रहन-सहन पर फब्तियाँ नहीं कसतीं, न कभी अपनी नीतिशतक ही खोलतीं।

वे जानती थीं कि भाई-भाभी के साथ अपने रक्त के सम्बन्ध में जीवन-पर्यन्त दृढ़ता कायम करने का मूल मन्त्र था, भतीजियों को वश में करना। बड़ों में मन-मुटाव का सूत्रपात प्रायः बच्चों को लेकर ही होता है, इसी से वे जब कभी आतीं, भतीजियों के लिए दो बहुमूल्य साड़ियाँ अवश्य लातीं। मायके की यात्रा संक्षिप्त रहे, इसका विशेष ध्यान रखतीं और साथ में लाए सामान का वजन कभी भी संदिग्ध रूप से नहीं बढ़ने देतीं।

भाई की मृत्यु के पश्चात वे केवल एक बार आई थीं। बड़ी भतीजी के लिए उन्होंने एक-दो सुपात्र भाई के जीवन-काल में ही जुटा दिए थे, पर भाई ने लिख दिया था, ''मैं अपनी बड़ी लड़की के वैरागी स्वभाव को जानता हूँ। वह एक बार ना कह चुकी है तो उसे ब्रह्मवाक्य समझो, चिन्ता तो मुझे छोटी की है। समय आने पर तुम लोग उसी का ख्याल करना, देख-सुनकर बड़े सुपात्र को सौंपना होगा उसे।''

अब समय आ गया था। वह अपनी शिक्षा पूरी कर आई.ए.एस. में बैठने की तैयारी कर रही थी। इसी से छोटी बुआ ने एक सुपात्र का सन्धान देकर जया को पत्र लिखा था :

''तुमने तो अपने पैरों में आप ही कुल्हाड़ी मार ली, ऐसा होनहार पात्र छाँटकर तुम्हें भेजा था, तुम मानीं नहीं। आज बम्बई में दो हज़ार रुपया पैदा कर रहा है।

''तीन साल में तीन बार जुड़वाँ बेटे जनकर मेरी देवरानी की उस चिबिल्ली-सी तीन कौड़ी की बहन तरुली ने उसे छः बेटों का बाप बना दिया है। इसे कहते हैं भाग्य! ख़ैर, अब विजी के लिए एक और हीरा भेज रही हूँ। सत्रह तारीख बुधवार को यहाँ से चल, बृहस्पति को तुमसे मिलने आएगा। मैंने तुम्हारे लिए एक पोटली में बड़ी-मुँगौड़ी और जम्बू भेजा है। असल में पोटली का तो बहाना है। मैं चाहती हूँ, वह विजया को और विजया उसे देख ले। उसे देखकर विजी और विजी को देखकर वह नाहीं कर दे, तो मैं तेरी टाँगों तले छिरक जाऊँगी!

"अब जमाना यही आ गया है मेरी चेलियो (पुत्रियो), लड़के के बाप का नहीं, स्वयं लड़के का टेंटुआ धर दबाना होता है। जानती नहीं—फलाँ पन्तजी की लड़की, फलाँ जोशीजी की कन्या आदि-आदि..." कर बुआ ने कम-से-कम आधी दर्जन ऐसी कुशल कन्याओं की सूची भेजी थी, जिन्होंने केवल प्रणय-अंकुश से ही एक-से-एक मत्त गयन्द-से पात्रों को वश में कर लिया था। पत्र पढ़कर जया ज़ोर से हँस पड़ी थी। कैसी मज़ेदार चिट्ठी लिखती हैं छोटी बुआ! पर विजया भड़क गई थी, "मारो गोली ससुर को, हम न उसे देखेंगे न अपने को दिखाएँगे। मान लो, हजरत ने देखकर कह दिया, हमें लड़की पसन्द नहीं, बस पूरे पहाड़ में ढिंढोरा पिट जाएगा। वहाँ तो ऐसी अफवाहें रुई के फाहों-सी दिन-रात एक पहाड़ से दूसरे पहाड़ तक उड़ती रहती हैं। बड़ी और छोटी बुआ शायद बताशे भी बाँट आएँगी। कल बृहस्पति है, हम सुबह ही कहीं चल देंगे, तुम निबट लेना, कह देना, ऐसी सस्ती हरकतें हमें पसन्द नहीं।"

"पागल हुई है क्या विजया? बुआ ने लिखा है, लड़का आई.ए.एस. है।" जया ने पत्र खोलकर दिखाया।

"हुआ करे," विजया ने बड़ी बेरुखी से कहा, "मैं अपने समाज के इन दम्भी परिन्दों की ऊँची उड़ान को खूब पहचानती हूँ, इसी से तो पर उगा रही हूँ कि एक दिन इन गगनचारियों को पछाड़ दूँ। लड़की सुन्दरी हो, फर्राटे से अंग्रेज़ी बोल सके, नाचे-गाए, गृहस्थी चलाने में न उदार हो न कृपण, न मुखरा हो न गम्भीर। अवसर पड़ने पर सास की भात पकाने की धोती भी धो सके और ससुर का लँगोट भी।"

"ओफ, चुप कर विजी, तुझे कल घर ही पर रहना होगा, हज़ार हो, वह हमारा अतिथि है। पापा घर आए अतिथि का कैसा सत्कार करते थे, क्या भूल गई है तू?"

"पापा को उन अतिथियों से ब्याह करने को तो नहीं कहा जाता था।" वह हाथ का बटुआ हिलाती चली गई तो जया का दिल डूब गया। पुरुषमात्र को देखते ही उसे कँपकँपी छूटने लगती थी, फिर जिस पात्री को देखने वह, उनकी बुआ को बीस एहसानों से लाद, जम्बू की बसाती पोटली का वाहक बनने का अनरोमांटिक प्रस्ताव स्वीकार कर चला आ रहा था, वही घर पर नहीं रहेगी! उस दुर्लभ पात्री को देखने का स्वयं उसका उत्साह भी कुछ कम नहीं रहा होगा, नहीं तो पहाड़ी जम्बू की तेज भभाके-भरी क्लोरोफार्म की पोटली साथ लाने में कोई भी सम्भ्रान्त विवाह योग्य आई.ए.एस. तरुण

नाक-भौं अवश्य ही चढ़ाता।

और वह करमजली प्रायः अँगूठा ही दिखाकर यूनिवर्सिटी चली गई थी।

जब लौटी तो जया की लाख दलीलें भी उसे नहीं रोक सकीं। वह चली ही गई। उसके जाते ही फोन की घंटी खनकी और जया काँप गई।

"हो न हो, उसी का फोन होगा।" उसका अनुमान ठीक ही निकला।

"जी हाँ, मैं केशव बोल रहा हूँ। आपकी बुआजी ने कुछ सामान भेजा है, आपको क्या चार बजे सुविधा होगी?"

"जी हाँ, अवश्य!" वह कह तो गई, पर उसे लगा, कहने के साथ ही उसका धड़कता कलेजा भी टेलीफोन के आले से निकल उस व्यक्ति के कान में धँस गया है।

"आप हमारे बँगले को कैसे ढूँढ़ेंगे?" उसने बड़ी चेष्टा से पूछा।

"आप निश्चिन्त रहिए," वह अजनबी टेलीफोन में ही हँसा, "आपकी बुआजी ने पूरा नक्शा खींचकर साथ में दे दिया है, मैं ठीक चार बजे पहुँच जाऊँगा।"

जया यूनिवर्सिटी से लौटी तो तीन बज गए थे, विजया का कहीं पता नहीं था। बहुत पहले एक बार कुत्ते के नवजात पिल्ले की बन्द आँखें ज़बरदस्ती खोलने में पकड़ी गई विजया को उसने कसकर तमाचा मारा था, आज वैसा ही तमाचा जड़ देने को उसकी अंगुलियाँ कुलबुलाने लगीं। बेहया, स्वार्थी छोकरी! अब उसे ढूँढें भी तो कहाँ ढूँढें। मिस जुत्शी के यहाँ? डॉक्टर कुसुम के यहाँ या फिर रशिदा के यहाँ?

खाने-पीने की सामग्री वह साथ में ले आई थी, चाय का पानी चढ़ाकर उसने नत्थू को विजया के सन्धान में भेज दिया। घड़ी देखी, तो आधा घंटा बाकी था, क्यों न अपनी सान्ध्यकालीन पूजा से छुट्टी पा ले! हो सकता है, अतिथि को बिना उसकी बहन को देखे जाना मान्य न हो और वह रुक ही जाए!

सूर्यास्त से पहले ही मन्त्रजाप करने का उसके गुरुदेव का कठोर आदेश था।

कुशासन बिछा, जया गुरुदेव की आदमकद तसवीर के सामने पद्मासन लगा उनके ध्यान में डूब गई।

क्या भव्य रूप था! अलौकिक आभा से दीप्त गुरुदेव की भव्य मूर्ति, नग्न वक्षस्थल को चूमती श्वेत दाढ़ी और परमहंस मुस्कान। जैसे-जैसे वह गहन

ध्यानमग्ना उनके ध्यान में डूबती जा रही थी, वैसे-वैसे स्वयं उसका चेहरा एक अनोखी शान्ति से दीप्त होता जा रहा था।

डूबते सूर्य की अन्तिम रश्मि ने उसकी पीठ पर फैले घुँघराले केशों को चूमा और श्वेत सिल्क की साड़ी और गेरुए ब्लाउज़ में उस लावण्यमयी तपस्विनी को देखकर केशव द्वार पर ही ठिठक गया।

कहीं किसी वनिता आश्रम में तो नहीं घुस आया वह!

धूप और लोबान की तीव्र सुगन्ध उसके कंठ में गह्वर बनकर अटक गई। जया की आँखें खुलीं और वह हड़बड़ाकर उठ गई।

"क्षमा कीजिएगा," वह नम्रता से दुहरा हो गया, "मैं शायद बँगला भूल गया हूँ।"

"नहीं," जया हँसी, "आप बँगला नहीं भूले हैं, आपके हाथ की पोटली के जम्बू ने ही आपका परिचय दे दिया है, आप केशव हैं ना? बुआजी की चिट्ठी हमें मिल गई थी, फिर जम्बू साथ में लेकर आनेवाले व्यक्ति के परिचय देने की कोई आवश्यकता नहीं रह जाती।" अपने बड़े साहस से कहे गए वक्तव्य पर उसे स्वयं ही आश्चर्य हो रहा था। आज तक किसी भी पुरुष के सम्मुख वह इतनी मुखरा नहीं बनी थी। लजीली हँसी से वह अपना कथन शेष कर ही पाई थी कि वह आनन्दी युवक हो-हो कर बड़े ज़ोर से हँस उठा।

जया उसे देखकर खिल गई, ठीक उसी की सुन्दरी बहन के लिए जोड़ा बनाकर भेजा था भगवान ने। कितना बचकाना चेहरा था! मोटे फ्रेम के चश्मे के नीचे उसकी गोल-गोल आँखों से अभी उसका कैशोर्य नहीं गया था।

"आप बैठिए, मैं अभी आई।" कह जया उसे गोल कमरे में बिठा चाय का पानी रखने चली गई।

घर में वह अकेली ही थी, नत्थू भी निगोड़ा नहीं लौटा था।

कभी किसी पुरुष से एकान्त सम्भाषण का उसे इसके पूर्व अनुभव नहीं था। जब भी कोई आता, छोटी बहन सर्वदा उसके साथ रहती।

आज मुँहजली उसे ऐसी विचित्र परिस्थिति में छोड़ गई थी। वह होती तो सब सँभाल लेती। जहाँ बड़ी बहन पुरुषों की उपस्थिति में पसीना-पसीना हो जाती, वहीं छोटी का सरस व्यक्तित्व, पुरुषों के बीच अपने स्वाभाविक रूप में उभर आता।

किसी भी पुरुष को देखते ही जया बेमतलब उलटा-सीधा काम करने लगती। कभी उसकी साड़ी का आँचल व्यर्थ ही कमरे की चीजों से उलझता

उन्हें गिराता फिरता, कभी हाथ से चम्मच गिर जाता, कभी प्याले की चाय! कभी-कभी तो जाली में कसा जूड़ा ही अकारण उसकी पीठ पर बिखर जाता। छिः-छिः, क्या सोच रहा होगा वह युवक! उसे वह अकेला ही छोड़ आई थी। आँखों में छलके विवशता के आँसू पोंछ वह बड़े साहस से मुस्कराती भीतर गई।

हुआ वही, जो पुरुषों की उपस्थिति में उसके निरीह व्यक्तित्व द्वारा प्रायः हो बैठता था। पहले मेज़ पर धरे काँच के फूलदान को उसके लम्बे आँचल ने लपेटकर धम्म से नीचे गिरा दिया।

बड़े यत्न से सजाए गए पुष्पगुच्छ को ठीक नवागन्तुक के चरणों में चढ़ा ही पाई थी और काँपते होंठों में 'सॉरी' बुदबुदा रही थी कि, जन्म से ही पंगु एक छोटी मेज़ फूलदान उठाने को झुके उसके स्कन्धस्पर्श का बहाना बना, चारों खाने चित हो गई। साथ ही उस पर धरी टेलीफोन की मोटी डाइरेक्टरी, ऐश-ट्रे और खुली पड़ी स्याही-दवात भड़ाभड़-धड़ाधड़ करती ज़मीन पर बिखर गई।

यह सब अभागी विजया की करतूत थी। जाने से पहले उसी ने पेन में स्याही भरी थी और दवात खुली छोड़कर जानेवाली भी अवश्य वही रही होगी।

स्वभाव से ही भीरु और शान्त गाय की-सी बड़ी-बड़ी आँखें लज्जा, परिताप और ग्लानि से धुँधली हो गईं।

"हाय, क्या कर दिया मैंने! आपकी पैंट में भी स्याही के छींटे पड़ गए।"

"अरे, क्यों परेशान होती हैं?" वह हँसमुख युवक जेब से रूमाल निकाल, पैंट के छींटे छुड़ाने लगा। सामान्य से ही छींटे पड़े थे, "यह तो मेरी ट्रेवलिंग की पैंट है।" वह कहने लगा, पर सरला जया भी इतना जानती थी, ट्रेवलिंग की पैंट पहन कोई भी विवाहाकांक्षी तरुण अपनी भावी वधू को देखने नहीं जा सकता। अवश्य ही यह बेचारे का सबसे अच्छा सूट रहा होगा। जया स्याही की दवात खिड़की से फेंकने गई तो देखा, नत्थू सड़क से ही हाथों का सिगनल हिलाता बता रहा था—छोटी बीबी कहीं नहीं मिली!

अवश्य ही छोकरी पिक्चर देखने चली गई होगी। अब अकेली ही निबट लेगी। उसने चटपट चाय का सामान मेज़ पर लगा दिया और केशव को बुलाने आई। "पैंट का तो सत्यानाश कर ही दिया मैंने, आइए, थोड़ी चाय पिलाकर क्षमा माँग लूँ।" कहकर वह हँसी।

केशव उठकर उसके साथ-साथ चलता खाने के कमरे में गया, तो विभिन्न प्लेटों में खाद्य-सामग्री की सज्जा देखकर चकरा गया।

"बाप रे बाप, यह तो अच्छा-खासा भोज दे डाला आपने! क्या जम्बू की पोटली का भाड़ा दे रही हैं? मैंने तो सोचा था, आपसे आज ही एक बहुत बड़ी फरमाइश करूँगा।"

जया का कलेजा बुरी तरह धड़कता, बाहर निकलने को व्याकुल हो उठा। अवश्य ही वह अब कहेगा, 'आपकी छोटी बहन का हाथ...'

पर नहीं-नहीं, ऐसे सुशील स्वभाव का खानदानी लड़का कभी ऐसी नंगी माँग से उसे अपदस्थ नहीं करेगा।

"क्या?" प्रश्न पूछते ही वह अपनी अस्वाभाविक धृष्टता से स्वयं लाल पड़ गई। "आपके कंठ के माधुर्य की इतनी प्रशंसा सुनी है बुआजी से, सोचा था, जी भरकर गाने सुनूँगा—संगीत मेरी भी दुर्बलता है।" वास्तविक हास्यास्पद स्थिति को समझते ही जया ठठाकर हँस पड़ी।

जो व्यक्ति बहुत कम हँसता है, उसकी स्वाभाविक हँसी का ठहाका कितना प्यारा लगता है। जिसने अस्वाभाविक कठोरता से अपने हृदय के सभी आनन्द-द्वारों पर संयम की अर्गला चढ़ा रखी हो, एक बार द्वार खोलने पर ताज़ी हवा का झोंका उसे ऐसा बेसुध कर देता है कि द्वार बन्द करने का उसे फिर ध्यान ही नहीं रहता। जया बड़ी देर तक हँसती रही, "हाय रे, भगवान, आप क्या मुझे अभी तक बुआ की बताई मेरी छोटी बहन विजया समझे बैठे हैं? गानेवाली, हँसनेवाली, बातूनी वह तो मेरी छोटी बहन है विजया!"

"और आप? आप क्या कभी नहीं हँसतीं?" वह धृष्ट युवक उसकी आँखों में आँखें डालकर पूछ बैठा, तो जया सहमकर पीछे हट गई, उसे जैसे किसी ने चाँटा मार दिया हो। और यह कैसा विद्युत-संचार होने लगा था उसके शरीर में!

कैसी आँखें हैं इसकी! क्या निकट से देखने पर सब पुरुषों की आँखों की पुतलियाँ ऐसी ही स्थिर लगती होंगी?

"मैं गर्म चाय ले आऊँ।" वह उत्तेजना और घबराहट में मेज़ की एक और प्लेट को धराशायी कर धड़ से निकल गई। केशव की नज़रों में कितनी फूहड़ बना दिया था उसने अपने को! अकेले मर्द के साथ ऐसे ही-ही, ठी-ठी क्या यूनिवर्सिटी की प्राध्यापिकाओं को शोभा देता है?

वह चाय लेकर लौटी तो केशव दोनों हाथों से मेज़ पर पियानो-सा बजाता अंगुलियाँ चला रहा था।

"मैं सोच रहा हूँ, सबसे अधिक खर्चा आपका क्रॉकरी का ही होगा—क्यों, है ना?" एक भृकुटि को ऊँचा उठा, होंठों को दाँतों से सामान्य रूप से दबा

अपनी नटखट हँसी से प्रश्न को बड़ी दुष्टता से सँवारकर उसने पूछा।

"मैं समझी नहीं!" जया के प्रशस्त ललाट पर दिसम्बर के महीने में भी पसीना झलक उठा।

"जिस रेट से आप दाएँ-बाएँ प्याले, फूलदान, तश्तरियाँ दनदनाती चलती हैं, मानना होगा साहब, ऐसा अचूक निशाना बहुत कम देखने में आता है।"

एक बार फिर संयम की अर्गला शिथिल हो गई।

दोनों के सम्मिलित ठहाके से ठिठककर विजया कब द्वार पर आकर खड़ी ही रह गई, कोई नहीं देख पाया।

यह क्या उसकी दीदी ही हँस रही है? वही दीदी, जो उसके पुरुष मित्रों के बीच उसकी सामान्य हँसी को भी कभी क्षमा नहीं कर सकती थी?

"ओह, तो यही हैं वो हज़रत!"

"क्यों दीदी, कुछ चाय-वाय बची है, हमें भी दो!" बड़े स्वाभाविक ढंग से लम्बी-लम्बी डगें भरती वह मेज़ की ओर बढ़ आई और बड़े अधिकार से, खाली कुर्सी खींच, उस सुदर्शन युवक के ठीक सामने तनकर बैठ गई।

"नमस्कार!" वह हँसी, "किस बात पर हँस रहे थे आप दोनों? दीदी को ऐसे हँसते देख मैं तो प्रायः मूर्च्छित होकर गिर ही पड़ी थी।"

काजू की प्लेट को सामने खींच वह एक-एक काजू ऐसे अपने मुँह में डालने लगी, जैसे अजायबघर के भालू को मूँगफलियाँ खिला रही हो।

"कुछ नहीं, नत्थू तुझे ढूँढ़-ढूँढ़कर हार गया।...यही है मेरी छोटी बहन विजया।" बड़ी ही मधुर हँसी के साथ उसने अपनी छोटी बहन का परिचय दिया।

"इसी के गाने की प्रशंसा बुआजी ने आपसे की थी। तेरा गाना सुनने कब से रुके हैं बेचारे!"

छोटी बहन के पुष्ट व्यक्तित्व का सहारा पाते ही जया की वाक्धारा सहसा मुखरा-प्रखरा वेगवती नदी-सी बन बहने लगी।

"इस वर्ष आई.ए.एस. की तैयारी कर रही है।" उसने फिर उत्साहपूर्ण भूमिका बाँधी, पर उसकी बातों का सिलसिला बार-बार अनाड़ी हाथों से बनाए गए ताश के महल की भाँति टूटता जा रहा था।

छोटी बहन के आते की केशव आवश्यकता से अधिक गम्भीर हो गया था और हठीले जिद्दी अड़ियल घोड़े की भाँति एड़ी टिकाए खड़ा था। बड़ी बहन की रोचक बातों के चाबुक-प्रहार उसे डिगा भी नहीं पा रहे थे।

"चाय लेंगे और?" उसने पूछा।

"नहीं।" उसने प्याला खिसका दिया।

"विजी, चल, भीतर चलें, वहीं गोल कमरे में तेरा गाना सुनेंगे।" उसने छोटी बहन से कहा।

"नहीं, अब मुझे आज्ञा दीजिए, बड़ी देर हो गई है।" वह उठ गया।

जया का चेहरा सफेद पड़ गया। अचानक नाराज़ क्यों हो गया वह?

क्या उससे तश्तरी टूटकर गिर गई थी, इससे? या उसने पहले ही अपना परिचय बड़ी बहन के रूप में नहीं दिया था, इससे? या पैंट को स्याही के छींटों से रँग दिया था, इससे?

अभी तक तो वह इतना हँस-बोल रहा था! वह उठा तो दोनों बहनें उठ गईं। वह सचमुच ही नमस्कार के साथ विदा लेने लगा, तो विजया ने अपने अप्रत्याशित व्यवहार से जया को विस्मय-विमुग्ध कर दिया।

"सुनिए, आप तो अभी तीन-चार दिन रुकेंगे ही, कल दीदी का छब्बीसवाँ जन्मदिन है, आप खाना यहीं खाइए ना!" निमन्त्रण के साथ ही वह अपनी मोहक हँसी हँसती, उत्तर के लिए उसके सामने खड़ी हो गई।

यही उसका ब्रह्मास्त्र था।

ऐसी धवल मुक्ता-सी हँसी का निमंत्रण भला संसार का कौन पुरुष टाल सकता!

उसने हँसकर निमन्त्रण स्वीकार कर लिया। उसके जाते ही जया ने विजया को बुरी तरह फटकार दिया, "क्या पड़ी थी तुझे मेरे छब्बीसवें जन्मदिन का ढिंढोरा पीटने की? क्या सोचेगा वह, कौन-सी मेरी सत्रहवीं वर्षगाँठ थी। कोई और बहाना भी तो ढूँढ सकती थी! क्यों क्या बहुत पसंद आ गया तेरे...?"

बड़े लाड़ से छोटी बहन का चेहरा हाथों में भरकर उसने पूछा।

"बस, जैसे भी हो, दीदी, पटाओ बात, हमें बेहद पसन्द है। क्या बैल जैसे कंधे हैं! और कितना गंभीर है! बस, एक ही चिंता है..."

"क्या?" हँसकर जया ने पूछा।

"बस, यही कि शादी हो गई और स्वेटर बुनना पड़ा तो 140 फंदे डालने पड़ेंगे। कैसी चौड़ी छाती है—एकदम चक्की का पाट!" जया जोर से हँस पड़ी—चलो, एक चिन्ता दूर हुई। आख़िर अपने ही समाज और बिरादरी का सुपात्र पसन्द आ गया था विजी को।

उस रात छोटी बहन को चक्की के पाट और भूरी मूँछों के ही सपने दिखे,

पर बड़ी की आँखों में नींद नहीं थी। वह कितनी ही योजनाएँ बना चुकी थी—किस कमरे में कन्यादान होगा...गहनों की चिंता नहीं, अकेले अम्मा के गहने बैंक से निकालने पर तीन कन्याएँ ब्याही जा सकती थीं।

पर विजी के जाते ही उसकी क्या दशा होगी—सुखद योजनाओं के बीच सम्भावित वियोग को वह भूल ही गई थी।

फिर न जाने कब उसकी आँखें लग गईं। सुबह उठी तो आँखें भारी और तकिया गीला था।

विजया ने उठते ही उस दिन कमर कस ली थी। पहले ऐनफ्रेंच का लेप किया, फिर ऑमन-क्रीम का प्रलेप किया, फिर चंदन थोपकर चिरौंजी का उबटन किया। सौन्दर्य-प्रसाधन के पाश्चात्य और पूर्वी विन्यास से छुट्टी पाकर उसने साड़ियाँ निकालीं।

आज एक भी साड़ी उसे नहीं भा रही थी। जितना परिचय उस व्यक्ति का पा चुकी थी, उससे लगता था, हल्की रंगीन साड़ी पहनना ठीक रहेगा। हल्के रंग की एक भी ढंग की साड़ी नहीं थी; हाँ, हल्के रंग की लिपस्टिक अवश्य थी। बस, फिर क्या था? मिन गया कोड़ा, अब क्या चाहिए, जीप लगाम और घोड़ा। चट से कार निकाल, उसी शेड से मैच करती साड़ी भी आ गई।

नित्य बुफों की जटाजुट में सधे बालों का सीधा जूड़ा बना, कानों में दो पुखराज पहन, वह जल्दी, धनिया और प्याज से बसाती दीदी के पास जाकर खड़ी हो गई।

"देखो दीदी, विल आई डू?"

"हाय, विजी, आज तो बेहद प्यारी लग रही है! ले जरा दही तो मथ डाल, मैं भी चटपट तैयार हो लूँ।"

उसने बहन की ओर मथानी बढ़ाई, "ओह ओ दीदी, जरा भी अकल नहीं है तुम्हें। हम यहाँ पचास रुपये का यूडीकोलोन छिड़ककर आए हैं और तुम कहती हो, कीचड़ मथो! हमसे नहीं होगा यह सब। आख़िर उस हरामखोर नत्थू को तुम इतना सिर पर चढ़ाकर क्यों रखती हो? जब देखो तब तुम चौके में और वह हजरत कन्हैया बने बीड़ी फूँक रहे हैं। ऐ नत्थू, चलो इधर! जाओ, तुम कपड़े बदलो दीदी।"

वह कपड़े बदलकर लौटी, तो केशव आ गया था और विजी उसे बाग दिखा रही थी। खिड़की से दोनों को कन्धे से कन्धा मिलाए गुलाब की झाड़ी के पास खड़ा देखा, तो जया का गला प्रसन्नता के गह्वर से भर आया। कैसी

प्यारी जोड़ी थी! दोनों घूमकर लौटे तो वह खाना लगा चुकी थी।

खाने की मेज़ पर वह बड़े उत्साह से प्रत्येक स्वादिष्ट खाद्य सामग्री की सुगन्ध का श्रेय-किरीट, छोटी बहन के सिर पर ही बाँधती जा रही थी, "यह सब इसी ने बनाया है, सच पूछिए तो मुझे न तो खाना बनाने का शौक है न खाने का। यही दिन-रात नई-नई चीजें सीखती रहती है। कुकिंग क्लासेज भी ज्वाइन की है इसने।"

किन्तु इतने परिश्रम से प्रस्तुत किया गया छोटी बहन का सरस परिचय कुछ जम नहीं रहा था।

खानेवाला सरासर अरसिक अभद्रता का परिचय दे रहा था। न उसने प्रशंसा ही की, न कुछ बोला, मुस्कराना तो वह जैसे भूल ही गया था। पर विजया भी हार माननेवाली न थी। कुछ ही घंटों के परिचित उस अजनबी का उदासीन गाम्भीर्य, उसके मुग्ध हृदय को बजरबट्टू-सा घुमा रहा था। थोड़ी ही देर में लुभावना पाहुना विदा लेकर चला गया, तो विजया के संयम का बाँध टूट गया।

"देखा दीदी, और तुम कहती हो कि विवाह अपने ही समाज में करना चाहिए। देख लिया ना, अपने समाज का नमूना? सामान्य-सी भद्रता भी नहीं जानते हजरत, निकले हैं फॉरेन सर्विस में! वहाँ इन्होंने यह श्मशान-वैराग्य दिखाया, तो राजदूतों की पत्नियाँ भी अपनी नुकीली जूतियों की ठोकरों से उड़ा देंगी। खैर, मैं भी देख लूँगी, अभी पन्द्रह दिन की छुट्टियाँ बिताने पहाड़ जा रहे हैं। बुआ के मकान के सामने ही तो रहता है—इनका परिवार। हम भी परसों चल देंगे उसी गाड़ी से। फिर देखो, इस घमंडी ऊँट की नाक में नकेल डालकर खींचती यहाँ न ले आई, तो मेरा नाम विजया नहीं।"

जया ने हँसकर उसे आश्वासन दिया, "अभी तो दो दिन यहीं है, क्या पता कल आए! कुछ लोग स्वभाव से ही संकोची होते हैं, विजया! हो सकता है, बेचारा झेंप रहा हो!"

"कल कभी नहीं आएगा, मैं उससे पहले ही कह चुकी हूँ कि कल मुझे अपनी एक सहेली के यहाँ उसकी सगाई की दावत में जाना है, मैं दिन-भर बाहर रहूँगी।"

दूसरे दिन विजया चली गई, तो जया ने बहुत-सा काम बटोर लिया। एक ओर लम्बे गर्म कोट फैला वह विजया की निर्ममता से व्यवहृत साड़ियों को तहाकर लगा रही थी कि सोचा, क्यों न नत्थू को बुला ले! धूप में कपड़े तो

वह भी फैला सकता था। वह नत्थू को पुकारने जा रही थी कि उसे अचानक स्मरण आया, नत्थू तो छुट्टी लेकर सिनेमा देखने गया है। दोनों हाथों में दो लम्बे कोट लेकर वह स्वयं उठी ही थी कि सहम गई।

"अरे, आप?" उसने अचकचाकर कोट पलंग पर पटक दिए और आँचल ठीक करने लगी—सहसा उसका चेहरा आरक्त हो उठा। आँचल न जाने कब से भूमि पर लोट रहा था! सुबह सिर धोया था, इसी से रूखे बाल हवा में उड़ रहे थे। छिः-छिः, कैसी भुतनी-सी बनी थी वह!

पर आज यह कैसे आ गया?

"विजी तो आज अपनी सखी के यहाँ गई है, आप बैठिए।" क्षमा माँगने के स्वर में उसने कहा और बड़े चातुर्य से आँचल ठीक कर लिया।

"मैं जानता हूँ।" वह हँसा और ऐसी धृष्टता से उसकी ओर बढ़ आया कि उसके शरीर का रक्त जम गया।

"मैं छोटी बहन के लिए नहीं, बड़ी बहन के लिए आया हूँ।"

और फिर उसने बड़े अधिकारपूर्ण डगों से आगे बढ़, उसे बाँहों में ऐसे उठा लिया, जैसे कोई हठीला मुँह-लगा बालक, दूर ताक पर धरे रंगीन लुभावने खिलौने को उठा लेता है।

यह सब पलक मारते ही इतनी तेजी से हो गया कि छब्बीस वर्ष की वह स्वप्न-सुन्दरी किसी दहकती भट्टी के गर्त में भय, आश्चर्य और क्रोध की लपटों में झुलसती चेतना खो बैठी।

पर यह कैसा भय था, जिसने उसके ज्ञान-चक्षुओं की ज्योति छीन ली?

यह कैसा आश्चर्य था, जिसमें अनुभूति ही शेष रह गई थी, कौतूहल नहीं? यह कैसा निर्वीर्य क्रोध था, जो अपने सुगठित शरीर की शक्ति और दृढ़ संयम के रहते हुए भी उस दुःसाहसी, दुर्दमनीय युवक को वह एक चाँटा खींचकर प्रताड़ित नहीं कर सकी?

यह कैसा अनोखा समुद्र था, जिसमें आकंठ डूबकर भी प्रणय के ज्वार-भाटे की उर्मियों ने उसे जीवित ही चेतना के कछार पर पटक दिया था?

उसका उन्मत्त नवीन प्रेमी उसे पागलों की भाँति चूम रहा था—न जाने कैसे-कैसे अटपटे प्रणयालाप के कर्णप्रिय शब्द उसके कानों में मंजीरे-से बजा रहे थे। "मैंने तुम्हें पहले ही दिन देखकर पहचान लिया था। यही है वह, जिसे मैं इतने वर्षों से खोज रहा था। जानती हो, आज तक मैंने उनतालीस कन्याएँ नापसन्द की हैं पर इस ध्यानमग्ना तपस्विनी को मैंने चट से हृदय में मूँद लिया

था। ओह, कैसी सुगन्ध है तुम्हारे शरीर की! रतिमंजरी में वर्णित कौन-सा रत्न है यह? शंखिनी या पद्मिनी?"

और उसका वह अद्‌भुत प्रेमी बड़बड़ाता एक बार फिर उसकी काँपती पलकों पर झुक गया।

"जया!" उसके कानों के पास ही अपना चेहरा सटाकर उसने जया को पुकारा, पर वह तो दोनों हाथों से मुँह ढाँपे पड़ी थी—हाय-हाय, यह क्या हो गया! वह विजया से क्या कहेगी?

"जया!" बड़े लाड़ से उसने जया के दोनों हाथ हटाकर, अपने हाथों में बाँध लिए, "इधर देखो जया!" उसने कहा, पर जया की आँखें नहीं उठीं।

वह हँसकर उठ गया और सीटी बजाता, आदमकद आईने में अपने बिखरे बालों को ऐसे सँवारने लगा, जैसे वर्षों से इसी आईने में अपने बाल सँवारता आया हो।

जैसे-जैसे जया की चेतना लौट रही थी, उसके हृदय की धड़कन बढ़ती जा रही थी। वह एकटक केशव को देख रही थी। किस आश्चर्यजनक स्वाभाविकता से उसने पूरे कमरे में अधिकार जमा लिया था, जैसे वह ही गृहस्वामी हो!

बाल सँवारकर वह फिर जया के पास कुर्सी खींचकर बैठ गया। उसने इस बार ऐसी खूबी से बाल सँवारे थे कि माँग का ही अस्तित्व मिट गया था और उसका चेहरा एकदम ही बचकाना लगने लगा था।

"देखो, जया, मुझे आज ही रात की गाड़ी से जाना है, मेरे एक ताऊजी की तबीयत अचानक खराब हो गई है। वहाँ पहुँचते ही तुम्हारी बुआजी से कह दूँगा, 'मुझे आपकी बड़ी भतीजी पसन्द है,' तुम्हारी सम्मति तो मिल ही गई है।" वह बड़ी दुष्टता से हँसता उठ गया और घड़ी देखकर बोला, "बाप रे बाप, गाड़ी का समय हो गया है, अब चलूँ!" मुर्दा-सी निश्चेष्ट पड़ी जया का बर्फ से भी शीतल ललाट चूमकर वह सर्राटे से निकल गया।

ऐसे आकस्मिक प्रणय-निवेदन का सर्वथा मौलिक आरम्भ और अन्त जया को बुरी तरह असन्तुलित कर गया था।

कैसा दहकता स्पर्श था उन अधरों का, जैसे किसी ने अंगारों से उसे दाग दिया हो! कैसी मजबूत पकड़ थी उन शेर के-से पंजों की, छटपटाने पर भी वह अपने को नहीं छुड़ा सकी थी। पर वह क्या सचमुच छटपटाई थी? मेज़ ही पर धरे भारी पेपरवेट को क्या वह खींचकर नहीं मार सकती थी? सिगरेट

की किसी मदमस्त खुशबू से उसके नथुने भर गए थे, लग रहा था अभी भी वह तम्बाकू की मादक गन्ध उसमें लिपटी बसी है।

अपनी ही हथेली में अपनी साँस का भँफकारा छोड़, उसने सूँघकर आँखें मूँद लीं।

उसकी प्रत्येक साँस-निःश्वास में अपने अमिट हस्ताक्षर छोड़ गया था वह अजनबी। कहता था, जाते ही बुआजी से कह देगा, 'मुझे बड़ी बहन पसन्द है।'

क्या कहेंगी उसकी प्रौढ़ा सखियाँ—सबने एकसाथ ही कठिन कौमार्य-व्रतपालन का संकल्प लिया था। सबसे पहले तो विजया को यह ख़बर देनी होगी। 'विजी, तेरे मन के मीत ने तो मुझे छाँट लिया,' कैसे कह पाएगी वह?

संसार की कोई भी नारी कितनी ही उदारहृदया क्यों न हो, आज तक किसी पुरुष के उसे नापसन्द करने के अक्षम्य अपराध के लिए क्या क्षमा कर सकी है? फिर प्रतिद्वंद्विनी चाहे सौत हो या प्रेयसी रूप में स्वयं सगी बहन! उसे क्या कभी क्षमा कर पाती है? ठीक इस उधेड़बुन के बीच वह डूबती-उतराती जा रही थी कि आँधी की भाँति विजया ने कमरे में प्रवेश किया—हाथ का पर्स कुर्सी पर पटक वह जया के पास बढ़ आई।

"दीदी, जानती हो, मुझे रास्ते में कौन मिला? वही छोटी बुआ का कैंडीडेट। बस, गजब ढा रहा था, दीदी! ऐसी बढ़िया ट्वीड का कोट पहने था पट्ठा कि बस, हमें देखकर मुस्कराया और हमने भी वो हाथ मिलाया कि जोड़ अभी दुःख रहा है। तेजी से रिक्शा निकल गया, नहीं तो हम वहीं प्रपोज़ कर बैठते।"

दीदी ने बरबस होंठों को एक सेंटीमीटर के स्मित में फैलाया।

"दीदी!" छोटी बहन ने उसे अचानक ऐसे घूरा कि उसने आँखें झुका लीं, "तुम आज गजब लग रही हो, दीदी! क्या स्किन है तुम्हारा सचमुच! आई एन्वी यू। कोई नया स्किन-लोशन लगा रही हो क्या?"

आज तक जया के निष्कलुष चित्त ने छोटी बहन से कोई भी बात नहीं छिपाई थी, पर आज उसके कुछ ही घंटों का नवीन प्रेमी उसे कपट का प्रथम पाठ पढ़ा गया था। अपने चमकते चन्द्र-बिम्ब की सुन्दरता के रहस्य की मंजूषा वह नहीं खोल सकी।

"हट पगली, मैं भला कब क्रीम, लोशन लगाती हूँ?"

यूनिवर्सिटी पहुँची, तो उसे एकसाथ कई सखियों ने प्रशंसा अर्घ्य से रस-

प्लावित कर दिया, "वाह भई, क्या फब रही है यह भागलपुरी मर्दानी धोती तुम पर! हम पहनतीं, तो जोगन लगतीं। माघ मेले से खरीदी है, क्यों, है न?"

जया घर लौटी तो बड़ी देर तक एकान्त दर्पण-साधना में डूबी रही। क्या सचमुच उसके चेहरे में कोई बदलाव आ गया है?

जिस प्रतिबिम्ब ने मुस्कराकर उसका स्वागत किया, उसे तो वह सचमुच नहीं पहचानती थी।

उठते-बैठते, पढ़ते-पढ़ाते उसे एक ही चेहरा बार-बार दीख रहा था और उतनी ही बार उस मधुर स्मृति की एक-एक परत कपड़े के थान-सी खुलती जा रही थी।

उसके प्रेमप्रलाप को वह मन-ही-मन दुहराती लाल पड़ जाती और दीदी के उस अस्वाभाविक गिरगिटी रंग को देखकर विजया आश्चर्य में डूब जाती।

क्या हो गया था दीदी को!

"ऐ दीदी," एक दिन मुँहफट विजया ने खाने की मेज़ पर उससे पूछ लिया, "किसी के प्रेम-व्रेम के चक्कर में तो नहीं पड़ रही हो तुम?"

जया लाल पड़कर रह गई थी। एक बार प्राणों से प्रिय सहोदरा के सम्मुख वह सबकुछ कह देने को व्याकुल भी हो उठी थी, पर दूसरे ही क्षण उस अद्‌भुत संयमी युवती ने अपने चित्त को अंकुश से साध लिया।

सात दिन बीत गए थे, उसके जीवनाकाश की मलिन आभा को क्षणिक ज्योति से उज्ज्वल कर उसका धूमकेतू-सा रहस्यमयी प्रेमी न जाने कहाँ चला गया था! उसने कहा था, तार भेजेगा।

पर ऐसी बातें क्या तार में कही जाती हैं? पहले बुआ से कहेगा, फिर बुआ उसके परिवार से बातें करेंगी, तब कहीं कुमाऊँ के असह्य आईन-कानूनों के दुर्गम द्वारों के चक्कर लगाता वह लुभावना प्रस्ताव उसके पास पहुँचा पाएगा।

फिर तो बुआ का पत्र वह विजया को थमा देगी। किसी बात को लेकर जीवन-भर मातम मनाती फिरे, ऐसा स्वभाव विजया का नहीं था। इसी से उसे कोई चिन्ता नहीं थी। ख़बर पाते ही यूनिवर्सिटी का सहकर्मी वर्ग दावत के लिए उसके पीछे पड़ जाएगा। एक दावत सगाई की, दूसरी शादी की! ख़ैर देगी भाई दोनों दावतें, ऐसे अवसर क्या जीवन में बार-बार आते हैं! मिस कौल को तो वह तरंग आने पर अपनी रंगीन कोर्टशिप का आंशिक वर्णन भी शायद सुना देगी। बेचारी मिस कौल! इधर भजन-कीर्तन और तीर्थयात्रा के चक्कर

में भुरता ही बन गया है बेचारी के स्वास्थ्य का। अपने विवाह का प्रबन्ध भी तो उसे स्वयं करना होगा, कौन बैठा है यहाँ करनेवाला? मरी विजया को तो सजने से ही फुर्सत नहीं रहेगी, फिर उसकी एक सौ आठ सखियाँ! उसे कहाँ फुर्सत होगी, किसी अच्छे केटरर को सौंप देगी। यह थोड़े ही न होगा कि कन्यादान के मंडवे से उठकर कन्या आ रही है, भंडार से रसद निकालने! उसे हँसी आ गई थी।

विवाह के बाद साग्रह छोटी बुआ को रोकना ही होगा। विजया अकेली कैसे रहेगी?

फिर तो वह उसे अपनी ससुराल उठा ले जाएगी।

छोटी बहन का सिर अभी भी दीदी के हवाई महल के छज्जे से नहीं टकराया था। पन्द्रह दिन बीत गए, पर बुआ की कोई चिट्ठी न आई। इन्हीं पन्द्रह दिनों में जया की बड़ी-बड़ी आँखें असाधारण रूप से और भी बड़ी होकर पूरे चेहरे पर फैल गई थीं। गुमसुम बनी दीदी को कभी विजया बुरी तरह झिड़क भी देती, "बोर करती हो तुम दीदी, जब देखो तब मर्सिया पढ़ती हो, हम तो भई जा रहे हैं सिनेमा।"

और वह अकेली ही चल देती।

बहन के जाते ही जया अपने मन के चतुर राज-मिस्त्रियों को फिर काल्पनिक महल बनाने में जोत देती।

अब उसके प्रासाद के प्रांगण में गोल-गोल चेहरेवाले बच्चे भी खेलने लगे थे—कई बच्चों की किलकारियों में डूबती वह केशव की सामान्य रूप से परिचित चौड़ी छाती पर बार-बार अपना चेहरा छिपाकर अपना मूक व्यर्थ प्रश्न दुहराती थी, "कब लिखोगे, कब?"

बड़ी लम्बी प्रतीक्षा के बाद बुआ की चिट्ठी आई :

"खूब हो मेरी बेटियाँ—बड़ी-मुँगोड़ी खा लीं, पर एक चिट्ठी नहीं डाली। बड़ियाँ तो खैर जाएँ भाड़ में, उसकी चिन्ता नहीं थी, पर साथ ही उन्हें ले जानेवाला भी भाड़ में चला गया। जब तुम दोनों की चिट्ठी नहीं आई और पता लगा कि केशव लौट आया है, तो कल मैं वहाँ गई। देखा, तो केशव की अम्मा के लड्डू फूट रहे थे। सुना, ट्रेन में ही कलकत्ते के एक लखपती प्रवासी से पहाड़ी परिचय हो गया। साथ में उनकी साँवली कन्या थी। लाखों की सम्पत्ति और इकलौती कन्या, दुर्गादत्तजी का पूत भला मौका कैसे चूकता! रंग सुना एकदम स्याह है, पर आजकल तो रुपयों का मुलम्मा चढ़ा मेढकी भी परी

बनाई जा रही है। ट्रेन में ही सगाई हो गई। अठारह वर्ष की है, केशव है छब्बीस का। उसकी तो पूछो मत, मुझे देखा तो बत्तीसी दिखा जले पर नमक छिड़क दिया–'आपकी पोटली पहुँचा दी थी, बुआ!'

"जी में आया, एक झापड़ कस, डंडे से सिर को उत्तर से दक्षिण दिशा को मोड़ दूँ, पर हँसकर मैंने भी पूछ दिया–'भतीजियाँ मिली थीं?'

"बोला–'नहीं, नौकर को दे आया था, बड़ी जल्दी में था।'

"यही तो मेरा दुर्भाग्य था, बेटियो, तुम्हें देखता तो क्या यह रेल की सगाई हो पाती?"

"देखा दीदी, कमीने को?" आवेश से काँपती विजया ने जया की ओर देखा, पर दूसरे ही क्षण वह स्तब्ध रह गई। दीदी के रक्तहीन चेहरे पर लिखी उस लिपि को उस तीक्ष्ण बुद्धि की स्वामिनी ने स्पष्ट पढ़ लिया, जिसे वह पिछले बीस दिनों से पढ़ने का असफल प्रयास कर रही थी।

पहले दीदी के बटुए में केशव का रूमाल मिला था, वही परिचित सुगन्ध और वही धारियाँ।

फिर दीदी के पलंग के नीचे दो-तीन सिगरेट के अधजले टुकड़े।

दूसरी बार देखने गई, तो टुकड़े गायब थे। कुछ दिन बाद दीदी की पूजा की पुस्तक में दबे वही टुकड़े उसे फिर दिख गए थे। केशव का नाम लेते ही दीदी के चेहरे की रंगत बदल जाती थी।

डाकिया समय पर न आता, तो वह मणिहारा सर्प-सी व्याकुल हो उठती। दीदी निश्चय ही बदल गई थी। और आज उसी परिवर्तन का कारण स्पष्ट हो गया।

बिना एक शब्द कहे विजया उठकर चुपचाप बाहर बरामदे में खड़ी हो गई। छब्बीस वर्ष तक, एक-दूसरे से, रक्त-मज्जा-मांस की डोर से बँधी, संयमी जुड़वाँ-सी बहनों को पल-भर में केशव ने किसी कुशल सर्जन की-सी शल्य-क्रिया से सदा के लिए विलग कर दिया।

कहते हैं, ऐसी शल्य-क्रिया से विलग हो गई दो बहनों में से एक ही जीवित रह पाती है।

पता नहीं, इन दोनों में से कौन जी पाएगी–

छोटी या बड़ी?

मसीहा

"तुम जाएगा!" ब्रदर वॉरिसी ने कठोर स्वर में कहा।

"नहीं-नहीं।" उसने सुडौल गरदन दो-तीन बार झटकी और उसके शुभ्र ललाट पर काली लटों का जाल बिखर गया।

"तुम बिलकुल जाएगा...मदर पास। मदर बोत अच्छा प्यार करेगा। हमारा माफिक–इत्ता!" दोनों बाँहें फैलाकर ब्रदर ने भावी स्नेह की परिधि खींच दी और उनकी नीली आँखों में क्रोध और झुँझलाहट के स्थान पर परिहास झलक उठा। दोनों घुटनों में मुँह छिपाए बालिका पूर्ववत् गठरी-सी बनी बैठी रही। "पेरी, ऊपर देखो!" ब्रदर ने बड़े स्नेह से उसका माथा थपथपाया, पर क्रोध से तिलमिलाकर परी ने उनका हाथ दूर झटक दिया।

"ओह, गॉड!" कहकर ब्रदर ने एक लम्बी साँस खींची और उठकर वह भीतर चले गए। उनके पीछे उनका काले अलपाके का लबादा लहरें-सी उठाता परदे के पीछे छिप गया, कनखियों से देखकर, रूठी बालिका परी ने चेहरा उठाया। उसके गालों पर अभी भी आँसू सूखे नहीं थे। मिट्टी में अपनी अँगुलियों से रेखाएँ खींचती वह आप ही आप पहाड़ी में बड़बड़ाने लगी, जैसे उसका मृत पिता हुकुमसिंह कहीं पास में ही खड़ा हो : "मुझे छोड़-छाड़कर अपने तो भाग गए, अब यह फिरंगी साहब भी मुझे भगा रहा है! आया है बड़ा भगानेवाला! देख लूँगी, हाँ!" भीतर से कोने का परदा सरकाकर ब्रदर ने देखा, बेचारी सिसकती, आँखें पोंछती, धूल से खेल रही थी। कैसे संकट में पड़ गए थे वह। डूबती परी को जीवनदान देकर स्वयं ही अतल जल में डुबकियाँ लगाने लगे थे। पर इस तरह तो काम नहीं चलेगा। सख्ती से ही काम लेना होगा। उन्होंने रेवरेंड मदर सुपीरियर की चिट्ठी फिर उठा ली। कितना प्यारा खत था! अनाथ बालिका के लिए मदर की चिट्ठी दोनों बाँहें फैलाए स्वयं

जननी का आह्वान थी।

"ब्रदर वॉरिसी", उन्होंने लिखा था : "तुम लिखते हो कि दयालु प्रभु ने मेरे लिए एक नन्हीं, प्यारी सौगात भेजी है। उसका हमारे कन्वेन्ट में हार्दिक स्वागत है। तुम्हारे अदम्य साहस और अथक परिश्रम का पूरा ब्योरा फादर पॉल से सुन चुकी हूँ। नैनीताल के प्रलय की भयंकर घड़ी में तुमने अपनी जान संकट में डालकर बीसियों जान बचाईं। तुम लिखते हो कि अब तुम्हारे बँगले का अस्पताल खाली हो गया है, केवल एक अनाथ बालिका रह गयी है। उसे तुम कब तक भेज सकोगे, लिखना, जिससे मैं डाँडी-कुलियों का प्रबन्ध करके भेज सकूँ।"

ब्रदर ने चिट्ठी मोड़कर पेपरवेट से दाब दी। सामने ऊँचे देवदार की छाया में 'सेंट जॉन इन विल्डरनेस' का बुर्ज मटमैला लग रहा था, पर ऐसे ही उलझन के क्षणों में कैसी शान्ति मिलती थी सेंट जॉन के गिरजे को देखकर! भयंकर भूकम्प के बाद नैनीताल नई विधवा के उजड़े सुहाग-सा स्तब्ध पड़ा था। ब्रदर वॉरिसी के अधिकांश मित्र और सहयोगी परिवार सहित बँगलों में दब-दबकर चिरनिद्रा में सो गए थे। विक्टोरिया होटल का अस्तित्व पानी के बुदबुदे की भाँति विलीन हो गया था। सत्रह कुचली-दबी, अधमरी कायाओं को बटोरकर वह अपने बँगले में ले आए थे। जहाँ आसपास के नए बँगले भी प्रलय की चपेट में चटककर रह गए थे, उनके हलके कागज की-सी छत का लाल बँगला सेन्ट जॉन की वरद छाया में सिर उठाए खड़ा था—टूटना तो दूर, खिड़की का एक काँच भी नहीं तड़का था! यह सब प्रभु की कृपा थी। सत्रह रोगियों की दिन-रात सेवा कर वह केवल सात को ही बचा पाए थे। सब उस गोरे विदेशी से असीम कृतज्ञतापूर्वक विदा लेकर अपने-अपने आत्मीय जनों के पास चले गए थे। बच गई थी केवल एक भाग्यहीना बालिका—परी। नैनीताल के एक पहाड़ की पूरी बस्ती ही जादुई उड़नखटोले-सी उड़कर ताल में समा गई थी। उसी पहाड़ पर कर्नल विकी का बँगला था। बँगले के अहाते में उनका चौकीदार हुकुमसिंह भी रहता था। उसकी पत्नी बहुत पहले मर गई थी। एक ही लड़की थी—परी। गोरी-चिट्टी, लम्बी और बेहद दुबली। बड़ी-बड़ी आँखों ने फैलकर सारे चेहरे को घेर लिया था। सुघड़ नाक और रसीले अधरपुट का अस्तित्व ही खो गया था। हुकुमसिंह की दो भैंसें थीं। सब साहब लोगों को वही दूध देता था। ब्रदर के बँगले में दूध देने जाती थी परी! एक दिन बेटी के साथ हुकुमसिंह आया और सिर खुजाकर बोला, "साहब, दो सौ एडवान्स लेगा।

लड़की का ब्याह है, सरकार, इसी परी का।''

''अबी शादी?'' ब्रदर ने छोटी-सी परी को देखकर कहा था। ''नेई...नेई, अबी बिलकुल बच्चा है।'' और परी लजाकर बाप के पीछे छिप गई थी। हुकुमसिंह दो सौ रुपए ले गया, पर लौटाने का उसे समय नहीं मिला—दूसरे ही दिन उसकी योजना भूकम्प में दबकर रह गई। भयंकर गर्जना से नैनीताल काँप उठा था। ऊँचे-ऊँचे पहाड़ दानव-से लुढ़कते चले आ रहे थे। चारों ओर गर्द और धुएँ का गुब्बार था। चीखें और दिल दहलानेवाली भयंकर गर्जना! ब्रदर को कुरसी सहित किसी हवाई शक्ति ने उड़ाकर दूर पटक दिया। वह उठकर मल्लीताल की ओर भागे। ताल ने रंग बदल दिया था। सहस्रों बँगलों, पेड़ों और पहाड़ों का दलिया-सा पक रहा था। यह भूकम्प नहीं था, मानो ईश्वर की क्रुद्ध भृकुटी तनी थी। घुटने टेककर ब्रदर मृत व्यक्तियों की आत्माओं की शान्ति के लिए जब प्रार्थना कर रहे थे, तब उन्हें ताल में हाथ-पैर फेंकती एक गठरी-सी दिखी। भागकर वह कूदे। ताल के हिमशीतल जल की जिद्दी लहरों को पराजित कर गठरी को छीनकर किनारे लाए, तो देखा, वह हुकुमसिंह की सुन्दर पुत्री परी थी। काश, उस दिन डूबने दिया होता उसे!

ब्रदर ने अपना पूरा ड्राइंग रूम खाली कर उसे इन्फरमरी (शुश्रूषालय) बना दिया। उनके ड्राइंग रूम की तड़क-भड़क फारस के शाही दरबार से कुछ कम न थी—बड़े-बड़े मखमली परदे, लटकते झाड़-फानूस, मोटा ईरानी कालीन, शिपनडेल का फर्नीचर और ऊँचे-ऊँचे जापानी फूलदान। सर्वस्वत्यागी तरुण वैरागी ब्द्रर विलासी नहीं थे, किन्तु उनकी परिमार्जित रुचि को उनका वैराग्य जीत नहीं सका था। ब्रदर के पिता बहुत बड़े अर्ल थे। उनकी माता थीं बैरन की पुत्री। माता-पिता में अनबन रहती। पिता भागते शिकारी ग्रेहाउंडों के पीछे और माँ बन गई थीं बैलेरीना। अपनी सुडौल एड़ियों को नन्हें जूतों में बाँध-बाँधकर वह घंटों आईने के सम्मुख अपने ही सौन्दर्य पर मुग्ध होकर नाचतीं। शिशु वॉरिसी को न माँ का स्नेह मिला, न पिता का अनुशासन। डब्बे के दूध और गवर्नेस के खरीदे स्नेह की छाया में होनहार बिरवा के चिकने पत्ते मुरझाकर रह गए। बचपन से ही वॉरिसी को गाम्भीर्य ने घेर लिया। उनके साथ के लड़के बॉक्सिंग करते लहूलुहान हो जाते और उनके क्रूर खिलवाड़ से सहमकर वॉरिसी की आँखों में आँसू उतर आते। छुट्टियों में अपने प्रसिद्ध पब्लिक स्कूल से वॉरिसी घर आए। पाउडर रंग से रँगे चेहरे का रंग ना मिट जाए, इसका विशेष ध्यान रख माँ ने अपने मृणाल-बाहुदंडों में उन्हें जकड़कर

पूछा, "बड़ा होकर क्या बनेगा मेरा बेटा?"

"मसीहा।" किशोर स्वर में वज्र गाम्भीर्य था।

"ओह, माई गॉड!" लेडी वॉरसी के हाथ से नाच का पंखा गिर पड़ा था। जल्दी से क्रॉस बनाकर उन्होंने पुत्र के सामने घुटने टेक दिए थे मसीहा! क्या जाने सचमुच ही प्रभु ने उनके पापों का प्रायश्चित कराने पुत्र-रूप में जन्म लेकर उन्हें धन्य किया हो। दिन-रात अध्ययन में डूबकर वॉरसी सांसारिक बन्धनों से दूर हट गए। अगम्य और तात्त्विक ग्रन्थों की ग्रन्थि ने उन्हें बाँधकर सामान्य मानव से ऊँचा उठा दिया। एक दिन अगाध वैभव को ठोकर मारकर वह भारत चले आए। वह उन सामान्य पर्यटकों की लालसा से नहीं खिंचे, जो भारत के 'ताज' को देखने की ललक लिये चले आते थे। वह वेद और वेदान्त के भारत की खोज में निकले थे—बुद्ध और महावीर के भारत के अनुसन्धान में। पश्चिम के वैरागी को ज्ञान के सन्तोष की कुंजी मिल गई थी, किन्तु त्याग और सेवा का सन्तोष नहीं मिला था। पहले वह वॉल्टेयर में मिशनरियों के साथ रहे, फिर चन्द्रनगर में और अन्त में नैनीताल आए। अठारहवीं शताब्दी का नैनीताल तब अंग्रेजों की नई खोज का एक मैला-सा हीरा था। 'सेंट जॉन इन विल्डरनेस' का गिरजा नई अंग्रेज़ बस्ती का प्रहरी-सा बना खड़ा था। वॉरसी के शान्त और साहसी व्यक्तित्व की पादरी-समाज में बड़ी चर्चा थी, इसी कारण उनकी नियुक्ति की गई। एकान्त, निर्जन वनस्थली की गोद में बसा नैनीताल तब आज का नैनीताल नहीं था। शेरों की दहाड़ से दिनदहाड़े अयारपाटा गूँजता रहता था। भालुओं के आतंक से पाँच ही बजे लोगों की रात्रि आरम्भ हो जाती थी। देवदार और अयार के गहन वन में गर्वोन्नत बुर्जवाले सेंट जॉन का गिरजा था और उसी के अहाते में था ब्रदर का लाल बँगला। वॉरसी के सद्‌गुणयुक्त पुरुषार्थ और विवेक के बीच उनकी अन्तिम मरीज—परी—उनका सिरदर्द बन गई। वह सरल बालिका किसी भी तरह अपने जीवनदाता को छोड़ने को तैयार नहीं थी। रात-रात जागकर साहब ने उसकी कितनी सेवा की थी! उधर वॉरसी बीमारी में नितान्त बालिका-सी दिखती, बिस्तर से घुली-मिली परी को सहसा अनिंद्य रूपसी के रूप में देख स्तब्ध थे। उनकी कम्युनिटी के फादर उन्हें अच्छी तरह जानते थे, किन्तु फिर भी पन्द्रह-सोलह वर्ष की सुन्दर बालिका को अपने बँगले में रखना कहाँ की बुद्धिमानी थी!

इतने दिनों तक कार्यरत वॉरसी को परी का रूप-माधुर्य अछूता ही छोड़ गया था। उन्हें इसका भान तब हुआ, जब उनके परम स्नेही फादर पॉल उनसे

मिलने आए। वय-भार से नमित अस्सी वर्ष के बूढ़े पादरी न जाने कैसे बँगले के नीचे दबकर भी जीवित निकल आए थे। लाठी टेककर पॉल वॉरिसी से मिलने आए और उन्हें गले लगाकर बोले, "मेरे खूबसूरत बेटे, मैं आज कितना खुशकिस्मत हूँ कि इस भयानक प्रलय के बाद भी तुम्हें सलामत देख रहा हूँ! अरे, यह कौन है?"

फादर ने देखा, हाथों में चाय की ट्रे लिये लजाती हुई परी वहाँ खड़ी थी।

"यही मेरी आखिरी वार्ड है, फादर," वॉरिसी ने कहा और फादर के झुर्रीदार आनन्दी चेहरे पर सुनहरी हँसी बिखर गई।

"मौत, मुर्दे, चीख और मातम के बाद इसके प्यारे चेहरे की खूबसूरती कितनी स्वर्गीय लग रही है ब्रदर! अपनी खोई जवानी का अफसोस जिन्दगी में मुझे आज पहली बार हो रहा है," कहकर बूढ़े फादर ने जोर से ठहाका लगाते हुए ट्रे थाम ली और परी से पूछा, "नाम क्या?"

"परी," वह बोली।

"ओह, तुम एकदम फेयरी! बोत अच्छा, तुम बोत प्यारा!" फादर ने हँसकर कहा। अपने सौन्दर्य की प्रशंसा समझने के लिए नारी को कभी भाषा समझने की आवश्यकता नहीं होती। सब समझकर परी लजाकर बाहर भाग गई। तीन महीनों में पहली बार वॉरिसी को लजाती, तीर-सी छिटक गई परी का सौन्दर्य सचमुच स्वर्गीय लगा।

"मैं इसे कल मदर के पास भेज रहा हूँ।" फादर से वॉरिसी ने कहा, "मुझे तो समय नहीं मिलेगा, क्या आप कृपा कर इसे उनके पास पहुँचा देंगे?"

"क्यों नहीं...क्यों नहीं! ऐसी सुन्दर सौगात अस्सी वर्षों में पहली बार मिली है।" परिहास-रसिक बूढ़े पादरी ने वॉरिसी की ओर देखकर एक आँख मींचकर कहा, "तुम बड़ी समझदारी का काम करते हो, ब्रदर। तुम्हारी नीली आँखें, चौड़े कन्धे और यह अनोखा व्यक्तित्व उड़ती चिड़ियों को भी अपनी जादुई डोर में बाँधने की शक्ति रखता है। तुम अपोलो हो, मेरे बेटे! मैं कल ही इसे ले जाऊँगा।" फिर अपनी रसिकता पर स्वयं ही हँसने लगे फादर पॉल।

फादर चले गए, पर वॉरिसी की छाती पर भारी चट्टान-सी आ गिरी। परी उनके नाइट सूट का ढीला कोट और पाजामा पहनकर दबे पैरों उनके पैरों के पास आकर बैठ गई, किन्तु नित्य की भाँति ब्रदर उसके माथे को प्यार से थपथपा नहीं सके। दोनों के बीच सहसा एक अभेद्य भित्ति-सी तनकर खड़ी हो गई थी। कल तक जिस परी की कलाई के मैल को स्पंज से रगड़कर ब्रदर

ने छुड़ा दिया था, वही कलाई उन्हें क्रुद्ध नागिन के फन-सी लग रही थी।

"पेरी, हम खाना माँगता," बड़े प्रयत्न से ब्रदर ने कहा और यन्त्रचालित-सी परी उठकर मेज पर डबल रोटी, चाकू, उबले अंडे और भुने आलू रख गई—यही साहब का खाना था। छौंकी-भुनी सब्जी के लिए परी तरसने लगी थी। कैसे बढ़िया पहाड़ी जम्बू से छौंके आलू बनाते थे उसके बाज्यू! छिः छिः! न जाने कैसा उबला खाना खाता है यह साहब! न मिर्च, न मसाला! न तेल, न छौंक! ठीक ऐसा ही उबला-उबला मन भी है साहब का, पर कितना सफेद रंग है। एकदम गोरा-चिट्टा, जैसे सफेद डाँसी का पत्थर हो। और आँखें कितनी नीली हैं और होंठ कितने लाल! बाप रे बाप, एकदम चटक बुरुंश के फूल-सा खूनी रंग!

अपनी ओर मुग्धा परी को एकटक देखती देख वॉरिसी काँपकर रह गए। अनाथ विदेशी किशोरी के प्रति अनजाने मोह से फिरंगी पादरी का विरागी-चित्त व्याकुल हो उठा। बड़ी रात तक वह परी की सिसकियाँ सुन रहे थे। वह सिसकियों के बीच सो गई, पर वॉरिसी नहीं सो पाए। कहाँ रह गया था छिद्र उनकी कठोर साधना के अन्धकारमय सुरक्षित कक्ष में? जहाँ आलोक की एक किरण का प्रवेश भी निषिद्ध था, वहाँ अब पूर्ण प्रकाश था। सुबह हुई और फादर पॉल डाँडी लेकर उसे लेने आ गए।

"नहीं...नहीं...नहीं!" परी ने जिद-भरे स्वर में कहा और दोनों हाथों से मुँह ढँककर रोने लगी।

"ओह, तुम रोता!" फादर का स्वर करुणा और स्नेह से भारी हो गया। "ये साब बहुत अच्छा, इस वास्ते रोता? परवा नेई, मदर बोत अच्छा—साहब से भी अच्छा।" हँसकर फादर ने बड़े प्यार से परी की ठोड़ी उठाई। "ऊपर देखो, इस माफिक चलो। साब को सलाम बोलो।"

हृदय के उमड़ते गुब्बार को पीकर वॉरिसी ने आँसुओं से भीगे परी के मुरझाए गुलाब-से चेहरे को देखा। बिना कुछ कहे परी डाँडी में बैठ गई।

बहुत दिनों बाद वॉरिसी अपने बँगले में अकेले थे। पूर्णिमा की चाँदनी में उनके लेख लगे परदे से दिखता हिमालय भव्य लग रहा था। सत्रह मील की दूरी और मदर के अनुशासन की कब्र में उन्होंने परी की स्मृति को सदा के लिए दबा दिया था। एक बार फिर वह अपनी साधना के दुर्गम मार्ग पर निर्भय चल देंगे। किसी के सलोने सुन्दर चेहरे की सरल मुसकान उनके हृदय को नहीं कँपा सकेगी। उनके नाइट कोट की लम्बी-लम्बी बाँहें झुलाती किसी चीनी

बालक की-सी सुकुमार आकृति उनकी साधना में व्याघात नहीं डाल सकेगी। तीन दिन पूरे हो गए थे। बड़ी रात तक बाइबिल पढ़कर वह सो गए। मोमबत्ती के हलके प्रकाश में दीवार पर टँगी 'रोजरी' हवा में झूल रही थी। इतने में किसी ने द्वार खटखटाया।

"कौन?" ब्रदर उठ बैठे। शायद गिरजे का चौकीदार हीरासिंह होगा। उसके बेटे को गरदनतोड़ बुखार हो आया था। कहीं कुछ हो न गया हो बेचारे को!

"हीरा, हम आया।" वह ड्रेसिंग गाउन डालकर उठे। द्वार खोला, तो सन्न-से रह गए।

"पेरी! तुम! कैसे आया? ओह माई गॉड!"

ब्रदर ने काँपती क्षीण काया को थाम लिया। माघी पूर्णिमा से धुले नैनीताल पर कुहरे का कफन पड़ गया था। बर्फीली हवा में आकाश के तारे भी जमकर रह गए थे। जिसे अवहेलना और आदर से ब्रदर ने पैर में गड़े काँटे की भाँति बेरहमी से खींचकर फेंक दिया था, वही सत्रह मील की दुर्गम दूरी फाँदकर भूखी-प्यासी फिर उन्हीं बाँहों में भाग आई थी। दुर्बल बीमारी से उठा शरीर ज्वर की तीव्र दहन से सूखे पत्ते-सा काँप रहा था।

"पेरी...पेरी!" वॉरसी ने उसे अपने लबादे से लपेटकर बिस्तर पर लिटा दिया। "ओ पेरी, तुम क्यों भागा? ओह माई स्वीट! तुम क्यों भागा?" पागलों की तरह वह पेरी के गरम गालों पर झुक गए। फिर लपककर उन्होंने आलमारी से ब्रांडी निकालकर परी के हाथ-पैरों पर मली और किसी तरह दाँतों के बीच ब्रांडी उँड़ेल दी।

ब्रांडी गट-गट पीकर परी ने ज्वर से लाल आँखें खोल दीं। "नहीं... नहीं...नहीं...!" उसने ज्वर की बेहोशी में ही माथा हिलाया और दोनों हाथों से वॉरसी को जकड़ लिया। "हम नहीं जाएगा!"

"तुम नेई जाएगा, पेरी! तुम इधर रहेगा," कहकर वॉरसी ने उसका माथा चूम लिया। परी जैसे इसी आश्वासन के लिए रुकी थी, वह फिर बेहोशी में डूब गई। गले और छाती की घरघराहट और टँगी-टँगी दृष्टि देखकर वॉरसी घबराकर जख्मी शेर की भाँति चक्कर काटने लगे। कभी सिरहाने बैठते, कभी उठते, कभी घुटना टेककर प्रार्थना करते और कभी परी का मुरझाया अचेतन चेहरा एकटक देखते रहते। सबेरे ही मदर ने फादर पॉल को कन्वेन्ट से गरदनतोड़ बुखार में भाग गई परी को खोजने भेजा। फादर ने देखा, परी की

मृत देह गोद में लिए, शून्य अन्तरिक्ष को निहारता उनका अपोलो स्तब्ध बैठा था।

'कन्वेन्ट में ही इसे गरदनतोड़ बुखार हो गया था। वहीं से कल रात बुखार की बेहोशी में भाग आई, अभागिनी!" फादर ने क्रॉस बनाकर परी के शान्त चेहरे पर चादर खींच दी।

उस दिन से वॉरेसी सचमुच ही मसीहा बन गए। बत्तीस वर्षों का पिछला जीवन सहसा अन्धकारमय बन गया। बँगला छोड़कर उन्होंने उसी दिन अपना तबादला अल्मोड़ा के सीमान्त पर बसे कुष्ठाश्रम को करवा लिया। पीब से गले, कीमा बन गए कुष्ठ-रोगियों के वीभत्स घावों को वह अपने हाथों से साफ कर दवा लगाते, उन्हें बाइबिल पढ़कर सुनाते। उनकी घिनौनी दुनिया का अभिशप्त जीवन ही अब उनका सांख्य, योग और दर्शन था। क्रिसमस में फादर पॉल अपनी जर्जर काया को लाठी पर टेकते अपने बिछुड़े मित्र से मिलने आए। वॉरेसी एक गलित कुष्ठ रोगी की झड़ गई अँगुली के घाव को धो रहे थे। फादर पॉल को देखते ही जीवन की बन्द पुस्तक के पन्ने फरफरा उठे। वह लपके तो बूढ़े फादर ने उन्हें छाती से लगा लिया। सदा हँसने-हँसानेवाले बूढ़े फादर सुबक उठे : "मेरे खूबसूरत दोस्त, कभी मैंने तुमसे कहा था कि तुम अपोलो हो! ऐ मेरे खुदाबन्द, मुझे मेरी नादानी के लिए माफी दे! यह अपोलो नहीं, मसीहा है—एक बहुत ऊँचा और सच्चा मसीहा!"

मेरा बेटा

इलाहाबाद का मेडिकल कॉलेज कभी उस जिले की कुख्यात जेल थी, यह कहने की आवश्यकता नहीं है। अभी भी मनहूसियत का घेरा अस्पताल का पूरा अहाता घेरे रहता है। लॉन में हर रोज ही रखी किसी-न-किसी लाश पर सिर धुनते आत्मीय स्वजनों का जमघट देखनेवाले को सहमा देता है। पर पूरे महीने से उस अहाते में विवशता से बन्दिनी बनकर, मैं उस वातावरण की अभ्यस्त हो चुकी थी।

मेरे पति का ऑपरेशन हुआ था और मैं उनकी देखभाल के लिए वहीं रहती थी। एक ही कतार में, गमलों में सजे उन चार प्राइवेट वार्ड के चारों मरीजों के विभिन्न रोगों का भी मैं परिचय प्राप्त कर चुकी थी। नम्बर एक में टाइफाइड का एक सिन्धी मरीज स्वास्थ्य-लाभ कर रहा था। नम्बर दो में एक बंगाली दम्पति थे। पति को किसी अनाड़ी डॉक्टर ने एंटी-बायटिक की दुगुनी खुराक खिलाकर विक्षिप्त कर दिया था। कभी-कभी चीखता-चिल्लाता वह एकाउंट आफीसर आधी-आधी रात तक आडिट की काल्पनिक फाइलें खोल-खोलकर, सबकी नींद हराम कर देता। नम्बर तीन में अपने पति के साथ मैं थी और नम्बर चार में थे असाध्य कैंसर के मरीज एक बंगाली सज्जन मि. मित्रा। बार-बार ऑपरेशन किए जाने पर, उनके पेट की चमड़ी ऐसी छिद गई थी जैसे बार-बार मोची की सिलाई से छिद गया जीर्ण-शीर्ण जूता।

'डॉक्टर लोग घाव खुला ही छोड़ दिया है', मित्रा की पत्नी हर मिलनेवाले से जोर-जोर से कहतीं—'जब चमड़ी में थोड़ा ताकत आएगा तक सिलेगा।' फिर चादर उठाकर वह पति के सीजर के-से खुले घाव का प्रदर्शन करतीं तो मुझे मित्रा साहब पर बेहद तरस आता।

यह बिस्तर से घुल-मिल गया व्यक्ति कभी कैसा प्रसन्नचित्त चतुर सेल्समैन

था। इलाहाबाद का शायद ही कोई ऐसा समृद्ध घर होगा जहाँ मित्रा के फर्नीचर की दुकान 'अलंकार' का बना एकाध पीस न हो। काठियावाड़ी कुर्सी हो, या पुराने जमींदारी गढ़न के नक्काशीदार पलंग, सोफा हो, या शिपनडेल—सबमें अपनी अनूठी कला का जादू फूँककर रख देता था मित्रा। कुछ ही दिन पहले वह दिल्ली के कई विदेशी राजदूतों के फर्नीचर का आर्डर लेकर बड़े उत्साह से लौटा ही था कि ऐसे रोग ने दबा लिया। उसकी दुकान एक प्रकार से टूटे-फूटे फर्नीचर का अस्पताल भी थी। कैसा ही टूटा-फूटा विकलांग सोफा क्यों न हो, मित्रा की किसी दक्ष सर्जन की-सी अँगुलियाँ पल भर में पूरी टेपेस्ट्री की केंचुली उतारकर उसे नया बनाकर रख देतीं। कैसा आश्चर्य था कि जो व्यक्ति टूटे-फूटे सोफे के असंख्य स्प्रिंग पल भर में नए बना देता था, आज स्वयं किसी कबाड़ी की दुकान में टूटे सोफा जैसा ही उपेक्षित पड़ा था। असाध्य व्याधि ने उसे बेहद चिड़चिड़ा बना दिया था।

जब भी मैं उसे देखने जाती, वह उस नन्हे मरीज के संगीतप्रेमी पिता की फाइल खोलकर बैठ जाता, तो रातभर वंशी बजाकर उसे सोने नहीं देता था। 'सारी रात बंशी बाजाय, हांश पाताले ऐ सब की भालो लागे?' (सारी रात वंशी बजाता है! अस्पताल में यह सब क्या अच्छा लगता है?)

मैं उस नन्हे मरीज के वंशीवादक पिता को भी जानती थी। आकाशवाणी के उस कलाकार के पुत्र का ऑपरेशन हुआ था और अस्पताल की मनहूसी को भेदता उसकी दो गज लम्बी वंशी का मादक स्वर मुझे बड़ा मीठा लगता। पर न जाने मित्रा के रोग ने उसे कैसा औरंगजेब बना दिया था कि जैसे ही सन्ध्या को पीलू की करुण गूँज वंशी के छिद्रों से निकलकर अस्पताल की मनहूसी को भेदने की चेष्टा करती, चिड़चिड़ा मित्रा नर्स भेजकर आरोह ही में स्वरों का गला घोंटकर रख देता।

इसी बीच मेरे बगल का वार्ड खाली हो गया। आधी रात को चीख-चीखकर, आडिट की फाइल माँगनेवाला विक्षिप्त बंगाली एक दिन अचानक ही यहाँ फाइल न पाकर नालिश करने परलोक पहुँच गया था। उसी वार्ड के सामने क्षणिक धूप का एक चौकोर टुकड़ा नित्य घड़ी के काँटे के साथ ठीक ग्यारह बजे उतर आता था और चारों वार्डों की देखभाल करने वालियाँ गीले तौलिए, बनियान आदि सुखाने उसी धूप के टुकड़े के आह्वान से खिंची चली आतीं। धीरे-धीरे वही टुकड़ा पनघट पर जुटी पनिहारियों के-से कलकंठ से मुखरित हो उठता। छोकरे हाउस-सर्जन की उदासीनता, मुखरा नर्सों की

निर्लज्ज ठिठोली, बार-बार दी गई धमकियों की अवहेलना कर बेडपेन के ढक्कन की खंजरी बजा आधी रात को बिरहा गानेवाले ढीठ जमादार छोकरे छेदी की धृष्टता—नाना विषयों पर घंटों चर्चा चलती, फिर किसी का मरीज अधैर्य से कराहता और हमारी रसगोष्ठी विसर्जित हो जाती।

उस दिन की सभा, समय से कुछ पूर्व ही विसर्जित हो गई थी क्योंकि तीन मरीज एक साथ ही कराह उठे थे। अकेली मैं ही धूप के उस टुकड़े में कुर्सी डाले अखबार पढ़ रही थी कि जूतों की चर्र-मर्र सुनकर चौंककर उठ गई।

खाली वार्ड की ओर एक स्ट्रेचर लाया जा रहा था। सिर से पैर तक लाल कम्बल से ढके स्ट्रेचर के साथ चार-पाँच फौजी अफसर सिर झुकाए चल रहे थे। उनके लटके गम्भीर चिन्तित चेहरे देखकर ही मैंने अनुमान लगा लिया कि स्ट्रेचर पर लाए जा रहे व्यक्ति की अवस्था गम्भीर है। मैं अखबार लेकर भीतर जाने ही लगी थी कि दो फौजी अफसर खटाक-से एड़ियाँ खटकाकर मेरे सम्मुख खड़े हो गए। 'क्षमा कीजिएगा, आपको एक कष्ट देना है!'

दोनों में वरिष्ठ लग रहे नाटे व्यक्ति ने बड़ी नम्रता से अंग्रेजी में कहा। उसका त्रुटिहीन उच्चारण वैसा ही था जैसा उच्च-पदस्थ फौजी अफसरों का प्रायः हुआ करता है। ठसकेदार वर्दी ने उसके टूटकर गिरते व्यक्तित्व को जैसे साध लिया था। 'मैं बमरौली में ऐरोड्रोम आफीसर हूँ और यह मेरे एक सहयोगी हैं। हमारे एक कर्मचारी को बहुत चोट आ गई है। बेचारा ट्रेनिंग के लिए बाहर से आया था। डॉक्टरों का कहना है कि बचने की उम्मीद बहुत कम है। मल्टिपल फ्रैक्चर है। जाहिल गाँववालों ने इसे आबकारी का इंस्पेक्टर समझा और पूरी अट्ठाईस हड्डियाँ, दतौन-सी तोड़-मरोड़कर इसे खेत में मरा समझकर पटक गए। आप चूँकि बगल के वार्ड में हैं', उस अफसर का कंठस्वर अनुनय करता किसी किशोरी के कलकंठ को भी मात देता और मधुर हो उठा—'विल इट बी टू मच, यदि हम आपसे हाथ जोड़कर यह प्रार्थना करें कि जब तक इस बेचारे परदेसी के घर से कोई नहीं आ जाता, आप इसका ध्यान रखें। वैसे हमारा एक अर्दली निरन्तर यहाँ बना रहेगा। बमरौली इतनी दूर न होता तो हम ही बने रहते लेकिन देखिए न, मजबूरी है। आई कांट लीव ऐरोड्रोम। आप कृपा कर क्या एक बार चलकर उसे देख लेंगी?'

और मैं उस वाचाल व्यक्ति की जादुई बातों के लच्छे में उलझती उसके पीछे-पीछे हो ली। कमरे में पहुँचते ही मेरा माथा चकराकर घूम गया। पता नहीं, अब रोगियों को बेहोशी की कौन-सी निराली दवा दी जाने लगी है, जो

मरीज के साथ-साथ उसकी देखभाल करनेवालों को भी चित कर देती है। पूरे कमरे में उसी औषधि का भभका भरा था। नाक पर रूमाल धरकर मैं पीछे हटी तो वह फौजी अफसर फुसफुसाकर कहने लगा–'देख रही हैं न, क्या गत बना दी है बेचारे की!' मैं भय से सिहर उठी।

नाक-मुँह में नली, सम्मुख रखा ऑक्सीजन प्लांट और पूरे चेहरे पर पट्टियों की पटरियाँ–ठीक जैसे कोई फिल्मी मरीज बेसुध पड़ा हो।

एक उल्टी लटकी शीशी से ग्लूकोज चढ़ा शरीर का रीता घड़ा भरा जा रहा था। 'तीन शीशी खून भी चढ़ाया जा चुका है, फिर भी डॉक्टरों को उम्मीद कम है', वह कहने लगा–'मेरा यह अर्दली यहीं रहेगा, फिर भी आप कभी-कभी आकर इसे देख लें। जहाँ तक है, परसों तक इसके घर से कोई-न-कोई आ ही जाएगा।'

इससे पहले कि मैं अपनी स्वीकृति देती, बातों का धनी वह चतुर फौजी अफसर मेरे निरीह कन्धों पर उस अनजान मुरदे की अर्थी टिकाकर चला गया।

कमरे में लौटी तो मन-ही-मन अपनी दुर्बलता पर भुनभुना उठी। कहीं आधी रात मर बैठा तो अभागा अर्दली क्या भागकर बमरौली जाएगा! वह तो मुझे ही उठाएगा। यह भी अच्छी रही! मान-न-मान, मैं तेरा मेहमान! फिर मैं क्या यहाँ हनीमून मनाने आई थी? दस-दस चिन्ताएँ अलग घुलाए जा रही थीं। पति का ऑपरेशन क्या हुआ, जैसे मैं ही मर गई थी। जबर्दस्ती माँ का दूध छुड़ाए गए शिशु को जैसे माँ के दूध की हुड़क बेहद चिड़चिड़ा बना देती है, वैसे ही उन्हें दफ्तर की हुड़क ने ऐसा चिड़चिड़ा बना दिया था कि शीतल जल का छींटा डालने पर भी गर्म तवे-सा ही छनछना उठते। घर से खिचड़ी बनाकर लाती तो झल्ला उठते–'यह कोई खिचड़ी है भला! दाल अलग, चावल अलग। फेंक दो इसे!'

बीमार पति, सर्कस के पिंजरे में बन्द बिदके भूखे शेर से भी अधिक खूँखार बन जाता है। चतुर रिंग-मास्टर की ही भाँति उसे पुचकारकर साधना होता है, यह मैं अब तक समझ गई थी। महीने भर की रिंग-मास्टरी से जरा कमर सीधी की थी तो विधाता ने एक और उपहार भेज दिया।

दिन भर मैं उसे देखने नहीं गई। भाड़ में जाए, आखिर मेरा कौन लगता है वह! कल सुबह न हो, एक बार मिसेज राठौर को फोन कर दूँगी। हॉस्पिटल कमेटी की 120 सदस्याओं में वे परम उत्साही सदस्या थीं। महीने में एक बार अस्पताल के मरीजों के नाम चन्दा इकट्ठा कर, उनका महिला-मंडल नित्य

क्रीम कॉफी की चुस्कियाँ लेता रहता है। अब उनसे कहूँगी कि उतरो अखाड़े में। हर तीज-त्योहार पर कमेटी की सजी-धजी सदस्याएँ अस्पताल जाती थीं। मैंने ही एक बार उनके इस कार्यक्रम पर आपत्ति की थी।

'देखिए', मैंने कहा था—'अस्पताल में विवश पड़े मरीज की अपनी एक प्राइवेसी होती है। वह कभी नहीं चाहेगा कि आप उसके एकान्त में डाका डालें। फिर बीमारी क्या कोई प्रदर्शन की वस्तु है? हर हफ्ते आप लोग इसी धूमधाम से अस्पताल पहुँचीं तो मरीज एक दिन स्वयं ही आपको लाठी लेकर खदेड़ देंगे।'

हुआ भी यही। दल की सदस्य-सदस्याएँ पहले सप्ताह गुलदस्ते सजाकर आईं, दूसरे सप्ताह मरीजों के सिर हो गईं कि उनके आत्मीयों को पत्र लिखेंगी। बस, दुष्ट मरीजों ने भड़ककर मोर्चेबन्दी कर ली।

'आपको क्या तकलीफ है, भाई साहब?' कंठ में विश्व की समस्त करुणा उड़ेलकर सदस्याओं ने मरीजों से पूछा। बदले में 22 पलंगों से बेहूदी तानाकशी की आवाजें आने लगीं। इसके बाद वह कमेटी बिखर गई। फिर भी मिसेज राठौर परदेस में पड़े इस मृतप्राय व्यक्ति की देखभाल के लिए, एक समाज-सेविका जुटा ही देंगी, इसका मुझे पूर्ण विश्वास था।

मैंने अपने पति को सुबह की घटना सुनाई तो वह एकदम पिघल गए। एक तो अस्पताल में प्रत्येक रोगी की नस-नस में ग्लूकोज की बूँद के साथ विश्व-बन्धुत्व की भावना भी स्वयं ही प्रवेश कर जाती है। अस्पताल की नर्स, वार्ड-ब्यॉय, जमादार—सब मरीज को अपने ही सगे लगने लगते हैं। 'पता नहीं बेचारा कैसा है, जाओ, एक बार देख आओ।' अकेले कमरे में बेहोश पड़े उस अनजान व्यक्ति के लिए मेरा मन भी अचानक न जाने कैसा हो उठा—वह भी तो किसी का पुत्र होगा। तब मैं क्या जानती थी कि वह मेरा ही पुत्र निकलेगा!

कमरे में गई तो उसका अर्दली गायब था। मुझे आश्चर्य नहीं हुआ। प्रत्येक अनुभवी अर्दली से ऐसी ही आशा की जा सकती थी। मौत के झूले में झूलते स्वामी को अकेले छोड़ देना तो इस युग के अर्दली की कार्यपटुता एवं स्वामिभक्ति का ज्वलन्त उदाहरण था, फिर भला मुझे आश्चर्य क्यों होता!

कंठ से निकल रहे, घर्र-घर्र के अमानवीय स्वर को सुनकर, मैं भय से सिहर उठी। न वहाँ कोई नर्स थी, न डॉक्टर। ग्लूकोज की नली, शायद हाथ

हिलने से निकल गई थी और हाथ सूजकर डबलरोटी बन गया था। दोनों होंठ साँस लेने की क्रिया में खुले ही रह जाते और मुझे लगता—वह जा रहा है। मैं भागकर डॉक्टर को बुला लाई।

वह एक नर्स के साथ था। वहाँ से खींचकर असमय ही लाया जाना, शायद उसे बेहद अखरा। 'खूब पिटे हैं हजरत! पर चिन्ता न करें, नाड़ी, हार्टबीट—सब ठीक है', उसने अपनी रसगोष्ठी से उठाकर लाए जाने की भड़ास निकाल दी—'आप इनकी कोई लगती हैं क्या?' उसने मेरी ओर मुड़कर ऐसे पूछा, जैसे उत्तर पहले ही जान गया हो। उस छोकरे डॉक्टर के होंठों के व्यंग्यात्मक मरोड़ पर उभरी, उसकी अनकही उक्ति को, मैंने पढ़ लिया। 'तो फिर आपको इसके लिए सिरदर्द क्यों हो रहा है भला?' शायद वह मन-ही-मन यही पूछ रहा था।

थोड़ी ही देर में खिसियाए-से अर्दली ने आकर कहा—'बहूजी, अब हम आ गए हैं, आप जाइए!' पर मैं उसकी ओर बढ़ती मृत्यु की एक-एक पदचाप स्पष्ट सुन रही थी, फिर उसे कैसे छोड़ देती? एक बार अपने पति से कहने को गई, फिर सारी रात मैं उस बेसुध परदेसी के सिरहाने बैठी खिलाड़ी बिल्ली जैसी मृत्यु का खिलवाड़ देखती रही। ठीक बिल्ली की ही भाँति वह चूहे-सा उसे दबोच लेती। एक-एक साँस के लिए वह छटपटाने लगता। मैं व्याकुल होकर बड़ी झिझक से उसकी नब्ज देखती और वह फिर स्वाभाविक रूप से साँस लेने लगता था। लगता, वह मृत्युपथ का अद्‌भुत यात्री, जाते-जाते न जाने किस मोह-बन्धन से बँधा खिंचकर लौट आया है।

दूसरे दिन उसकी बेहोशी कुछ-कुछ दूर हो गई थी, पर वह किसी को भी पहचान नहीं पा रहा था। एक लम्बी-सी कार में ऐरोड्रोम के बहुत से अफसर उसे देखने आए और बारी-बारी से मेरे सम्मुख कृतज्ञता से दुहरे हो गए। 'एक अनजान परदेसी के लिए आप रात-रात भर जागती रहीं,' वही नाटा वाचाल अफसर कहने लगा—'ईश्वर निश्चय ही आपको इसका पुरस्कार देगा!'

बेचारा अफसर! वह क्या जानता था कि पुरस्कार-वितरण के लिए मेरा कृतज्ञ रोगी विधाता की प्रतीक्षा न कर स्वयं मुझे पुरस्कृत कर देगा!

तीसरे दिन नित्य की भाँति मैं फलों का रस लेकर उसके कमरे में गई तो वह होश में आ गया था। मुझे देखते ही उसके अर्दली ने उसके कानों के पास मुँह सटाकर कहा—'साहब, ये ही वह बहूजी हैं, जो रात-रात भर आपके सिरहाने बैठी रही हैं।'

शर्माजी के दोनों हाथ विवशता से प्लास्टर के जिरह-बख़्तर में बँधे थे। फिर भी उन्होंने उन्हें नमस्कार में बाँधने की व्यर्थ चेष्टा की और बच्चों की भाँति सिसकने लगे।

ऐसे लम्बे-चौड़े अधेड़ पुरुष को मैं अबोध शिशु की भाँति बिलखते देख घबरा गई। 'रोते क्यों हैं, शर्माजी?' मैं कुर्सी खींचकर उसके सिरहाने बैठ गई। पट्टियों की चिलमन से झाँकती पीड़ित, पिटे शिशु की-सी आँखें देखकर मेरा भी गला भर आया। 'ईश्वर ने आपको नया जन्म दिया है,' मैंने बड़े यत्न से स्वर साधकर कहा।

'ईश्वर ने नहीं, तुम्हीं ने दिया है, अम्मा!' मैं उस अधेड़ व्यक्ति के मुँह से यह सम्बोधन सुनकर संकोच से गड़ गई।

'पहचान नहीं रही हो क्या, अम्मा? मैं हूँ तुम्हारा देबू! इलाहाबाद ही में तो अहीराने के पीछे हमारा पक्का मकान था। मैं जब ट्रक के नीचे दबा था तब बारह साल का भी नहीं हुआ था। तुमने मेरी लाश पर पछाड़ें खाकर मेरी अरथी ही तोड़ दी थी। भूल गई हो क्या?'

'बहूजी', अर्दली ने मेरे कान के पास आकर कहा—'दिमाग पर लाठी पड़ी है न, इसी से लगता है, साहब बहक गए हैं!'

शायद उस मृतप्राय व्यक्ति ने सुन लिया था, बोला—'नहीं!' वह फिर दृढ़ स्वर में कहने लगा—'तुम मेरी अम्मा हो!'

मैं अवाक् थी। परामनोवैज्ञानिकों की सोदाहरण पुष्ट दलीलें आज तक मुझे प्रभावित नहीं कर पाई थीं। मुझे यह सब निरा फ्राड ही लगता आया है, पर उस दिन उस घायल व्यक्ति के करुण चेहरे को देखकर मेरा मन जिस ममत्व से भर आया, उसकी कैफियत मैं स्वयं ही नहीं खोज पाई। लग रहा था, बिस्तर पर विवश, पंगु पड़ा वह निश्चय ही मेरा नन्हा बेटा है।

मैंने अपने कमरे में लौटकर अपने पति से हँसकर कहा—'लो, आज तक हमारा एक बेटा था, अब दो हो गए। कौन जानता था कि देनेवाला ऐसे अचानक ही सरकारी नौकरी में लगा रेडीमेड बेटा छप्पर फाड़कर दे देगा।'

हमने तो अपने उस नवीन पुत्र-जन्म को हँसी-हँसी में उड़ा दिया पर स्वयं पुत्र ने जन्मसिद्ध अधिकारपूर्ण आत्मीयता से अपना नाम हमारी वंश-वेलि में जोड़ ही दिया।

जितनी देर मैं उसके कमरे में रहती, वह एकटक पागलों की भाँति मुझे

ऐसे घूरता रहता, जैसे भूली-बिसरी स्मृतियाँ सँजो रहा हो। बाल्यकाल की न जाने कितनी स्मृतियाँ, उन पीड़ा से निमग्न आँखों में तैरने लगतीं। कभी-कभी मुझे संकोच होता। धीरे-धीरे हमारे सब मिलनेवाले, उसके मिलनेवाले भी हो गए। सिर से पैर तक प्लास्टर में मढ़ा मेरा बेटा, अनायास ही सबकी दया का पात्र बन जाता। कोई फल ले आता, कोई दूध, कोई पत्रिका। मेरा पुत्र होने पर भी उसकी रुचि का स्तर निश्चय ही हमसे भिन्न था। जितनी पत्रिकाएँ मैं उसे देती, वह उलट-पुलटकर रख देता। टूटे हाथों में सधी उर्दू की सस्ती पत्रिकाओं से झाँकते अर्द्धनग्न तारिकाओं के सस्ते चित्रों को, उसे आँखों ही आँखों से पीते देख मैंने उसे एक दिन रँगे हाथों पकड़ लिया। मुझे देखकर वह झेंप गया। 'मेरा अर्दली ननकू न जाने कहाँ से यह पत्रिका ले आया!' खिसियाए स्वर में उसने कैफियत दी।

उन दिनों देश की राजनीति गिरगिट जैसा रंग बदल रही थी। मेरे पति के वार्ड में शाम होते ही पत्रकार, शिक्षा विभाग के उच्च अधिकारी, ऊँचे वर्गों के इष्ट-मित्र आ जुटते और अन्तर्राष्ट्रीय स्तर के समाचारों पर बहस छिड़ जाती। लाठी टेककर मेरा अष्टावक्र पुत्र भी वहाँ पहुँच जाता और कभी-कभी अपने अनाड़ी प्रश्नों से मुझे रसातल को खींच ले जाता।

'क्यों जी, बिनौले का क्या भाव होगा आजकल?' सिक्के के अवमूल्यन पर चल रही बहस फिर वहीं ठप्प हो जाती।

मैंने ही एक बार जिद करके उसके घर का पता माँगा। 'शर्माजी, लगता है आपके विभाग ने आपके घर कुछ खबर नहीं की। लाइए, मैं ही एक चिट्ठी डाल दूँ!'

'नहीं जी,' वह कहने लगा—'आपकी बहू अब आकर क्या करेगी, जब सास ही ने बेटे को मौत के मुँह से खींच लिया!' उसके स्वर, आकृति या कहने की भंगिमा में कहीं भी बनावट का पुट नहीं रहता।

कभी-कभी तो मेरे पति भी कहने लगते—'लगता है, सचमुच ही यह तुम्हारा उस जन्म का बेटा है।'

सौभाग्य से मैंने शान्तिनिकेतन के रंगमंच पर एक से एक उत्कृष्ट अभिनेता और अभिनय देखे थे, पर उस जन्मजात कलाकार की अभिनयकला का मैं आज भी स्मरण करती हूँ तो श्रद्धा से सिर अपने आप झुक जाता है। मेरे पति स्वस्थ हो गए थे और हमें अचानक एक प्रातःकाल मुक्त कर दिया गया। अस्पताल का हिसाब चुकता कर हम दोनों शर्माजी से विदा लेने गए

तो उन्होंने हमारे जाने की बात सुनते ही आँखों पर रूमाल रख लिया।

काश, उस दिन उनका वह बिलखना, सवा-सवा लाख की एक-एक सिसकी—यदि मैं टेप कर पाती तो 'मेरा बेटा' निश्चय ही संगीत नाटक अकादमी की पद्मश्री हथिया लेता। 'अम्मा, अब मुझे कौन देखेगा?' वह बिलखने लगा।

बड़ी कठिनता से हमने उसे ढाँढ़स बँधाया—'हम कौन दूर जा रहे हैं शर्माजी, यहीं दो कदम पर हमारा बँगला है। बारी-बारी से हम, बच्चे और नौकर आपको देखते रहेंगे।'

मुझे आज बड़ी प्रसन्नता होती है कि उस लम्पट के बार-बार आग्रह करने पर भी मैं कभी उसे बेटा कहकर न पुकार सकी। क्या पता, ईश्वर ही ने उस पवित्र सम्बोधन को दूषित होने से बचा लिया हो।

मैंने अपने आश्वासन को यथासम्भव निबाहा भी। थर्मस में रोज गर्म दलिया अब भी अस्पताल उसी तत्परता से जाता जैसे गृहस्वामी के लिए जाता था। मेरी पुत्रियों को वह फूटी आँखों नहीं सुहाता था, फिर भी बेचारी बारी-बारी से नित्य मेडिकल कॉलेज की एक परिक्रमा कर आतीं।

हमें घर आए एक हफ्ता हो गया था। बहुत दिनों बाद अस्पताल के घिनौने वातावरण से छुट्टी मिली थी, अतएव एक दिन बड़े उत्साह से मिल-जुलकर मुक्ति-पर्व मना रहे थे कि नौकर ने आकर कहा—'कोई मेहमान आए हैं।'

हम सबके चेहरे लटक गए। इतने दिनों बाद तो अपने घर की प्राइवेसी नसीब हुई थी कि मेहमान टपक पड़े। निश्चय ही अब माघ-मेले के पर्वी स्नान के लिए आ टपकी किसी पर्वतीय महिला अतिथि दल की कठिन मेजबानी निभानी होगी। मैं बाहर गई, ताँगे की सवारियाँ देखीं तो प्राण में प्राण आए।

ताँगे से उतरती शुभ्रवसना प्रौढ़ा, शायद मेरे बँगले की भूल-भुलैया में भटककर उतर पड़ी थी क्योंकि चेहरा एकदम अनजान था। इससे पहले भी कुम्भ मेले के तीर्थयात्री भ्रमवश मेरे बँगले में उतर गए थे। 'क्षमा कीजिएगा, आपको शायद 47 नम्बर के बँगले में जाना है न?' मैं किसी परिचित अतिथि के चेहरे को न पाने के अपने उल्लास को रोक ही नहीं पा रही थी—'यह 47-ए है।'

'नहीं, बहन!' वह चन्दन की बिन्दीधारी, साँवली महिला मुझसे ऐसे लिपट गई जैसे वर्षों की बिछुड़ी मेरी बाल्यसखी हो। 'मुझे तो यहीं

आना था। तुमने हमारे देबू को कैसे बचाया—सब अस्पताल से सुन आई हूँ। भाभी की अवस्था सुविधाजनक होती तो वह भी तुम्हारे चरणों की धूल लेने आती, बहना! वह तो पूरे महीनों से है', वह फुसफुसाई—'यह मेरे पिताजी हैं,' उसने बूढ़े का हाथ पकड़कर मेरे सामने खड़ा कर दिया और मेरा कलेजा धक-धक कर उठा। लगता था, बूढ़ा प्रयागराज में चार बाँसों की सवारी करने ही आया है। खाँसी के साथ वह बूढ़ा बरामदे की पहली सीढ़ी पर ही निढाल होकर लुढ़क गया।

मैं सहमी दृष्टि से ताँगे से उतरते सामान की अशेष पंक्ति को देख रही थी—फूलदार पेटी, दरी में बँधा बिस्तर, दो कनस्तर और एक नौकरानी। अतिथि के सामान को देखकर, गुणी-ज्ञानी संसारी अपने घर में, उसके रहने की अवधि को मन-ही-मन भाँपा करते हैं—यह तो संसार का नियम ही है। शायद उस बाल-विधवा ने अपने सामान को मेरी कनखियों के काँटे पर तुलता देख लिया। चटपट मेरा हाथ पकड़कर कहने लगी—'सोचा जब राधागोविन्द ने किरपा कर मौत के दरवाजे से भैया लौटाल दिया है तो क्यों न तीरथराज के संगम-तट पर लोट आऊँ।'

फिर तो बाप-बेटी पूरे हफ्ते भर संगमतट पर लोटते रहे। सन्ध्या होते ही शर्माजी की कीर्तनप्रेमी बहन कहती—'बहनी, पास-पड़ोस की बहनों को न्यौत लो तो कीरतन करके जिया जुड़ाय लें।' और वह कीर्तन फिर क्या कमरे तक ही सीमित रहता? पुत्री का कीर्तन समाप्त होता तो पिता की खाँसी का ध्रुपद-धमार चलता रहता।

सातवें दिन शर्माजी का परिवार विदा हुआ। दूसरे दिन मैं शिवमन्दिर में प्रसाद चढ़ाकर लौटी तो देखा गोल कमरे में शर्माजी बैठे हैं। 'अरे, वाह, आप क्या आज चलकर आए हैं?' मैंने पूछा—'उस अधमरे व्यक्ति को महीना भर पहले जिसने देखा था, वह क्या कभी विश्वास कर सकता था कि यह पैदल चलकर मेरे बँगले तक पहुँच पाएगा।' फिर मेरे 'हाँ-हाँ, क्या करते हैं' कहने तक उसने अपना खिचड़ी बालोंवाला माथा मेरे चरणों पर रख दिया।

'भाई, शर्माजी कल जा रहे हैं। मैंने इन्हें आज खाने को रोक लिया है।' मेरे पति ने कहा।

चलने का समय हुआ तो वह कुटिल व्यक्ति मेरे पति को एकान्त में खींच ले गया। शायद वह जानता था कि ऋण देने में पुरुष स्त्री से अधिक उदार होता है। इसके पहले कि मैं आँखों ही आँखों में उन्हें सावधान करती, वे

फिसल चुके थे।

तीन सौ रुपए की राशि को चेक पर देख मैंने दीवार पकड़ ली। ठीक चलते समय बनावटी नाटकीय सिसकियों का तमंचा तानकर, रुपए वसूल करनेवाला वह व्यक्ति मेरे संसारी अनुभव के एक्सरे में नंगा खड़ा था। जब चलते-चलते चौथी बार वह मेरे पैरों की धूल लेने बढ़ा तो मैं पीछे हट गई। शायद वह धूर्त भी समझ गया होगा कि मैं उसकी दाढ़ी का तिनका बीन चुकी हूँ।

उसके जाते ही मैंने अपने पति को खूब आड़े हाथों लिया। 'आप भी खूब हैं! न जान न पहचान, चट से 'सेल्फ' का चेक थमा दिया। अभी पिछले महीने आपका वह मुस्टंडा मित्र दो सौ डकार गया था, फिर भी सबक नहीं सीख पाए।'

मेरे पति मुझ पर ही बरस पड़े—'तुम्हारी यही आदत हमें नापसन्द है। कहाँ 'बेचारा शर्मा' करती-करती मरी जा रही थीं, और कहाँ आज उसी बेचारे ने रुपए माँग लिए तो चोर हो गया।' मैं कुछ खिसिया भी गई।

आठ दिन बीते, फिर दस, फिर बीस। एक महीना बीतकर जब दूसरा-तीसरा महीना भी बीत गया तब मेरा माथा ठनका। मैंने बमरौली हवाई अड्डे के उसी नाटे अफसर को फोन किया—'शर्माजी का पता दे सकेंगे क्या? मुझसे तीन सौ रुपए ले गए थे। शायद राह-खर्च के लिए उन्हें जरूरत थी।'

'क्या?' वह चौंके—'राह-खर्च कैसा? वह तो सिविल-ऐविएशन का कर्मचारी है, उसे फ्री एयर-पैसेज मिलता है। फिर चार सौ रुपए तो हमारे विभाग ने उसे दे दिए थे, आपने क्यों दिए?'

'वाह, यह भी खूब रही।' मैंने व्यंग्य से कहा—'आप ही ने तो कहा था कि मैं उसकी देखभाल करूँ।'

'देखभाल करने ही को तो कहा था', उसने अत्यन्त नम्र, शिष्ट स्वर में कहा। फिर भी व्यंग्य की हथौड़ी मेरे कानों में बज गई—'टी.ए., डी.ए. देने को तो नहीं कहा था। स्काउंड्रल कहीं का! आई एम सॉरी। मैं आज ही सफदरगंज को लिखूँगा। आखिर जाएगा कहाँ!'

पर मैं आश्वस्त नहीं हो पाई। लगता था, अचानक ही विराट विश्व की भीड़ में मिल गया मेरा बेटा फिर कहीं भटककर सदा के लिए खो गया है। कुछ दिनों बाद मैंने फिर फोन किया। इस बार नाटे अफसर की पत्नी ने फोन

उठाया। 'ओह, आप ही को उल्लू बना गया वह। मेरे पति बता रहे थे। पर देखिए न, गलती आपकी भी थी। वह भला आदमी होता, तो क्या गाँववालों के हाथ पिटता। सरल गाँववाले कभी निर्दोष व्यक्ति को नहीं पीटते, बहन! क्यों, क्या कहती हो?'

और मैंने फोन रख दिया। कहती भी क्या?

पुत्र कुपुत्र भले ही हो, पर क्या माता कभी कुमाता हो सकती है।

●●●